杜彌月

出生當天，正好一輪皎潔的圓月高懸夜空，杜母便將女兒的名字取名叫做滿月，但滿月的爺爺嫌棄這個名字太俗氣，因而以「彌月」取而代之，滿月則變成小名。

沒有兄弟，只有一個相差九歲的姊姊杜清月。

另外有一個好友兼損友方曉妮（遊戲ID：小翠）。

方曉妮原是杜清月的員工，因為杜清月擔心天真無邪的妹妹在網遊中被拐騙，於是派方曉妮去陪滿月玩遊戲。

結果坑滿月最狠的不是別人，而是小翠……

遊戲ID：滿月
年齡：20歲／大學三年級哲學系
身高：149.9公分
血型：O型
嗜好：美食

蕭颯

數學系的資優生，以二十三歲之齡取得美國保險精算師證照FSA，為台灣最年輕的精算師，堪稱千萬金童。

大學一年級時加入籃球隊，大學三年級時出任籃球隊隊長，

大學四年級時率領籃球隊於「全國大專院校風雲盃校際籃球錦標賽」中奪得亞軍，運動天分極佳。

雖然學經歷很高調，但本人卻很低調，

平時冷漠寡言，只有一個好友兼損友谷輕塵（遊戲ID：傾城公子）。

會開始玩網路遊戲，也是被谷輕塵慫恿的，但也因此遇到了真命天女。

遊戲ID：風雨瀟瀟

年齡：23歲／大學四年級數學系

身高：178.9公分

血型：A型

嗜好：數字遊戲

娘子說了算

目錄

第一章/ p07
我是人中龍鳳，而妳是我的女人

第二章/ p35
一入賭門深似海，從此良知是路人

第三章/ p69
人在江湖飄，始終要挨刀

第四章/ p101
夫妻任務再啟，脈脈此情誰寄

第五章/ p123
妹夫宣示主權，大姨子無奈吃癟

第六章/ p153
滿月大談歪理，老爺子節節敗退

尾聲 / p187
為了妳，我樂意

番外篇/ p193
閒話日常

特別企劃/ p249
小編與作者的Q&A時間

後記/ p259
再見，是為了下一次的再見

第一章

我是人中龍鳳，而妳是我的女人

自從滿月和風雨瀟瀟在遊戲中結婚後，兩人幾乎天天見面，雖然沒有事先約好，但不知不覺就形成了習慣。習慣一旦養成，就很難抽離。

所以，風雨瀟瀟在武術大賽結束後的隔天沒見到滿月，立刻覺得奇怪。問了小翠，小翠只說不知道。他想，也許滿月臨時有事，沒時間上網。他又耐心等了一天，仍是沒看到滿月登入遊戲。

其實一般人未必會天天玩遊戲，可是風雨瀟瀟這段時間以來，天天跟滿月見面，下意識就習慣了她每天出現。現在突然看不到她，心裡有些難以言喻的不自在。

到了第三天，他又來到黑到不行客棧報到，小翠說她打了電話給滿月，可是滿月沒接。他猜想滿月是不是遇到什麼困難了，但那是人家的私事，他不好過問，只好連著幾天來客棧守株待兔，想著也許滿月若是突然登入遊戲，兩人就能見面了。

可惜他的期待落空了，滿月就像石沉大海一樣，忽然就沒了消息。

傾城公子看著風雨瀟瀟的臉色一天陰沉過一天，彷彿隨時會爆發的火山，搞得公會裡的人都戰戰兢兢，見到公會長就避之唯恐不及，他只好無奈地對小翠旁敲側擊，想找出些蛛絲馬跡來。

小翠見到傾城公子就沒好臉色，傾城公子連小翠早餐吃了什麼都問不出來，更別提關於滿月的事。倒是小棒槌看到天天來報到的風雨瀟瀟和傾城公子，覺得有認識的人陪他玩了，就蹦蹦跳跳地圍著他們打轉。

小棒槌只認吃和玩，別的什麼也不懂，自然沒人想到要問他。小棒槌也沒發現兩人心不在焉，只顧著獻寶，比如他和他的小夥伴們在哪裡掏了蚯蚓、抓了小魚，又在哪裡撿了石頭，最後還抱怨了舅舅偷拿他石頭去賣的事——小棒槌不知道自己撿來的石頭，其實是不定時會在隱藏地點出現的煉製神聖級武器的珍稀礦石。

傾城公子一連幾天聽著小棒槌重複這些話，聽到都膩歪了。忍了許久，決定建議小棒槌不如說說他跟滿月在一起時都做了哪些事，他覺得自家老大對這個會比較感興趣。

不過，在他正想開口時，突然聽到小棒槌來了句：「小黃都發情完了，滿月怎麼還沒呢？」

傾城公子眼睛一亮，抓著小棒槌問道：「小棒槌，你知道滿月去哪裡了嗎？」

「我不知道啊……」小棒槌嚇了一跳，愣愣地答道。

「你剛才提到滿月了。」

「滿月？滿月好幾天沒來了，小翠說不可以打擾她，等她忙完才能找她玩。」

「你知道滿月在忙什麼嗎？為什麼這幾天都不在？」

「小翠說滿月在……」突然想到什麼似的，小棒槌立刻捂住嘴巴，板著臉，搖頭說道：「舅舅說我年紀小，不能說，我不能說！小翠可以說，你去問小翠！」

如果小翠會說，我還用得著跟你這根小木頭折騰嗎？

傾城公子耐著性子繼續套小棒槌的話。

小棒槌起先嘴巴閉得死緊，後來三兩句就被能言善道的傾城公子誆了去，嘟著嘴說道：「小黃在發情。」說到這裡，還像作賊似的左右張望了一下，確認舅舅不在，才像說什麼大祕密般壓低聲音，悄悄又道：「滿月也在發情。」

小棒槌這話一出，傾城公子和故作漫不經心實則側耳聆聽的風雨瀟瀟都目瞪口呆。

小翠不知道小棒槌會把自己隨口說的話告訴別人，所以當風雨瀟瀟和傾城公子面色微沉地找她問滿月到底怎麼回事時，她還覺得莫名其妙。

她打了很多通電話給滿月，滿月沒接，她便轉而打電話給小雅。小雅跟她說了這幾天滿月怪裡怪氣和患得患失的行為，並分析得出結論，認為滿月是失戀了。

小翠知道滿月不是失戀，而是害了相思病。

小雅說要帶滿月去聯誼，治好她的心病。

小翠撇了撇嘴，不置可否。依她看來，滿月這病可難治了。

不過，她也不能眼睜睜看著自家小姐像個傻子一樣萎靡不振，都快比小棒槌傻了，所以在傾城公子纏了她幾天後，他們再找上來，她就很乾脆地跟他們說滿月聯誼去了。

接著，她就看到英明威武的姑爺好像有那麼一瞬間的愣然，隨即不發一語轉身離去。

「姑爺怎麼了？」小翠看向傾城公子。

「妳說呢？」傾城公子沒好氣。

「啊？要我說什麼？」小翠呆呆地問道。

「……」

滿月不知道背後還有這段公案，只想著一定是小翠又在小棒槌面前胡說什麼，被小棒槌記住了，然後小棒槌又在風雨瀟瀟面前說溜嘴。

此時此刻的滿月，直想捶死小翠。

發情？當她是狗嗎？

蕭颯看著被果汁嗆到咳得滿臉通紅的滿月，關切地問道：「妳沒事吧？」

滿月擺了擺手，示意自己沒事。

旁邊的江思潔看著滿月和眼前這個長相出色的男生之間狀似親暱的氛圍，心中大為不爽。

她不爽，小雅就爽了。

看到江思潔一臉的不是滋味，小雅剛才的鬱悶一掃而空，不由得咧開嘴，笑得比跨年燃放的煙火還燦爛十倍百倍。爽過頭的結果是，她無視蕭颯那張冷臉，熱情地對他說道：「我們才剛說到你，你就來了，真是太巧了！」

那語氣好像兩人認識很久似的，令得蕭颯瞥了她一眼，那眼神好像在說：「妳是誰啊？我跟妳很熟嗎？」

小雅一點都不在意蕭颯疏遠的反應，她就是故意嘔嘔江思潔罷了。

江思潔確實很嘔，但她怎麼也不相信這個酷帥有型的男生會是滿月的男朋友，於是，她端起明豔魅惑的笑容，柔柔地說道：「你好，初次見面，我是杜彌月的同班同學，我叫江思潔，相思的思，純潔的潔。」說完，禮貌地把手伸向蕭颯。

小雅被江思潔那黏膩嬌儂的聲音惹得雞皮疙瘩直冒，還煞有介事地抖了一下。

蕭颯微微皺眉，沒有握住對方伸過來的手，但又礙於她是滿月的同學，只得壓下心底的不快，點了點頭，淡淡應道：「T大數學系四年級，蕭颯。」

江思潔愣了下。T大和A大在同一個城市，她不僅對A大的風雲人物如數家珍，對T大的名人也是常記於心，蕭颯的大名自是如雷貫耳，只是一直緣慳一面，卻沒想到會在這種情況下見到，更沒想到對方與同班的杜彌月有關係。

小雅也見縫插針，自來熟地自我介紹：「那個……蕭颯同學，我是滿月的室友，叫我小雅就好了。我們家滿月承蒙你照顧了，常聽她提起你，你很好很好，加油！」說著，做了個雙手握拳的加油動作。

滿月翻了翻白眼，腹誹道：妳哪隻耳朵聽到我常提了？加什麼油啊？

蕭颯看向滿月，滿月無奈道：「嗯，她是我室友。」常提什麼的，她可不承認。

蕭颯想和滿月私下聊，不喜歡有外人在場，偏偏小雅和江思潔一個興奮一個熱切，不約而同不識相地看著自己，他只得沉著聲音說道：「兩位還有事？」言下之意是，妳們不受歡迎，該滾了。

江思潔反應過來，但還是不情願就此離開，而小雅是本來就直腸子粗神經，愣是沒馬上明白蕭颯的意思，便笑著說道：「沒事沒事，就是沒事才來聯誼的嘛！」

滿月嘴角抽了下。

蕭颯不習慣和女人周旋，一時沒了說辭。

江思潔厚著臉皮又端起笑臉，傾身湊近蕭颯，意有所指地道：「你來之前，我們正在聊彌月的男朋友……」說到這裡，還故意挑釁地瞥了小雅一眼，「文雅把彌月的男朋友誇得好上了天，然後你就來了。」

這句話很有歧義。

江思潔怎麼也不相信蕭颯是滿月的男朋友，只是覺得他們兩個人之間的關係似乎不錯，她說這話就是故意要挑撥離間。

蕭颯卻是沒順著她的思維走，而是饒有深意地看著滿月問道：「哦，既然妳有男朋友，為什麼還來參加聯誼？」

這話叫她怎麼答？

滿月愣住，想說自己沒有男朋友，可是望著蕭颯那雙幽黑的眸子，她就說不出半個否認的字來——她覺得蕭颯好像不太高興，雖然他的表情看不出來，但她就是有這種感覺。

於是，野性的本能讓她傻傻地回了一句：「誰說我是來聯誼的，我是來吃飯的！」說完，還理直氣壯把手邊那堆得小山般高的盤子往他面前推過去，證明自己所言非虛。

小雅也趕緊跳出來作證，「真的真的，滿月就是來吃飯的！我可以證明，從她踏進來到現在，沒有半個男生過來跟她搭訕！」

滿月：「……」後面那句話是多餘的！

江思潔該笑的，可是，她笑不出來。

她笑不出來，蕭颯倒是笑了。

他一笑，宛如冰山消融，春回大地，長年冰封的眸子忽然多了幾分曖昧不明的情意，讓滿月不自覺心跳加快，口乾舌燥，忙又低頭猛吸果汁。

江思潔更是痴痴呆呆地看著蕭颯，半天都移不開眼。

察覺到江思潔痴迷的目光，蕭颯皺眉，垂下視線。

這麼一來，江思潔越發不甘心了。

她大膽地把手搭到蕭颯的手臂上，嬌嬈地喚道：「蕭學長……」

咳！

滿月的氣管這次沒事，有事的是被她嗆出來的果汁噴得滿臉的小雅。

「杜、滿、月——」小雅咬牙切齒，一字一頓擠出話，還把尾音拖得老長。

蕭颯不留情面，直接甩開江思潔的手，江思潔憤恨地瞪了滿月一眼。

滿月覺得自己很無辜。

江思潔吸了一口氣，不死心地笑著朝蕭颯那邊湊過去，這次也不拐彎抹角了，直接就說道：「蕭學長，聽文雅說，你是彌月的男朋友。我想，像蕭學長這樣的人，應該有更好的人匹配才對。」一邊說一邊熱切地凝視著蕭颯，彷彿在說「快點贊同我的話，就是我說的那樣，你們兩人什麼關係都沒有」，末了，又加了一句：「蕭學長不可能是彌月的男朋友吧？」

小雅撇撇嘴，她哪有說他是滿月的男朋友，她只不過是迂迴地暗示罷了！

小雅看著江思潔，江思潔看著蕭颯，蕭颯卻是看向滿月，端詳了她一會兒，才意有所指地問道：「妳怎麼說？」

說什麼？我能說不關我的事嗎？

蕭颯見滿月低頭不語，突然想起當他聽到小翠說滿月要參加聯誼時那瞬間的怔忡，不由得淡淡地說道：「對，我不是她的男朋友。」

滿月撫著杯子的手滯了一下，喉嚨好像被什麼塞住似的，有些呼吸不順，而且胸口似是被人挖了一個洞，有涼颼颼的風徐徐吹進來，吹得她渾身也慢慢變得涼颼颼的。

小雅看了滿月一眼，也默然無語。

江思潔笑了起來，如果不是蕭颯在場，只怕她已經大笑出聲。

不過，她的笑容沒有維持多久，蕭颯又開口了。

「她不是我的女朋友。」蕭颯收回落在滿月頭頂的視線，面無表情地沉聲說道：「她是我的老婆。」

滿月霍然抬起頭，直勾勾地望著蕭颯。

蕭颯涼涼的目光瞥來，冷冷地又道：「怎麼？妳有意見？」語氣裡含著濃濃的威脅。

滿月縮了縮脖子，連忙搖頭。搖了半天又趕緊低下頭，嘴角忍不住高高勾起，兀自竊笑著。

小雅和江思潔這時再不識相，也坐不住了，各自找了理由匆匆離座。

終於只剩下兩個人了！

滿月小小鬆了一口氣，可是一口氣還沒吐完，就被蕭颯那冷淡的眼神給堵了回去。

面對蕭颯深深的凝視，滿月別開頭，心虛起來，忍不住在心裡把自己罵了又罵，幹麼沒事跑來參加什麼鬼聯誼，在家吃飯不好嗎？跟人家學什麼吃到飽？吃吃吃，現在倒好，活該撐死！

看滿月那模樣，蕭颯就知道她在腹誹什麼，嘴角扯了一下，往椅背靠去，好整以暇地說道：「既然閒雜人等沒了，那我們兩個也該來算算帳了！」

打從剛才聽到蕭颯說了那句宣告意味濃厚的「她是我的老婆」之後，滿月的胸口就像插了無數把鑰匙，開心得沒邊了。

原本前幾天的心情猶如被法官宣判了死刑，暮氣沉沉，現在突然被無罪開釋，她當下就想向初升的朝陽奔去，可是一腳才踏出牢房，立刻又被蕭颯那副準備清算的架勢給揪了回去。

她覺得自己是冤枉的，她想抗辯，但面對此時此刻正渾身散發著森森寒氣的蕭颯，她孬了。

滿月慢慢調整坐姿，垂下頭，作出一副乖乖認錯的小媳婦模樣。

看到犯人態度良好，蕭颯滿意地點了點頭，「妳可知錯了？」

滿月點點頭。

「那就說說妳哪裡錯了？」

啊？滿月嘴巴半張，茫然無所知，可看到蕭颯那張一秒晴轉多雲的臉，她立刻下意識地脫口而出：「我不應該來參加聯誼！」

蕭颯瞇眼打量正襟危坐的滿月，似是在確認這是不是她發自肺腑說出來的話。

過了好一會兒，他才又接著問道：「還有呢？」

還有？滿月眼珠子轉了轉，見蕭颯的臉色好了很多，就小心翼翼地順竿往上爬，「要不然，你把我的罪名都念出來，我直接全認了，你看這樣好不好？」

蕭颯的臉瞬間就黑了。

滿月又蔫了下去，蕭颯也不兜圈子了，直接說道：「為什麼這幾天都沒進遊戲？有什麼問題說出來，我們可以一起想辦法解決……還是說，妳是不想看到我，所以才……」

滿月頓時把頭搖得像波浪鼓，她只是對自己喪失了信心，看到他會有些心虛，卻從來沒有想過不見他。這時，壓抑了好幾天的憋悶陡然爆發，她決定勇敢說出來。

「那天，我去看比賽了，就是武術比賽。人太多了，我和小翠擠不過去，後來我們遇到一個長得很漂亮的男生，男生長那麼漂亮，真是可憐……不對不對，我不是要說這個，我是要說，雖然我離得很遠，但還是看到你打贏很多人，還拿到冠軍。不像我，我們班上有五十個人，可是我每次考試都是第二十五名，從來沒有拿過第二十四名。姊姊說，像我這樣其實已經很好了，因為我從來沒有掉到第二十六名。可是，我偶爾也會想，如果能再進步一名就好了……你懂我的意思嗎？」

「……不懂。」

「……」

「所以，妳是為了準備考試才沒進遊戲？」

「……不是。」這是怎麼得出來的結論啊？

滿月忸捏了一下，目光閃爍，囁嚅地說道：「小翠說，你是人中龍鳳……還說，我們兩個是一朵鮮花插在牛糞上，只不過，你是鮮花……」

蕭颯皺眉。

話都說到這個地步了，最難的那關都過了，後面也沒什麼不好說了，於是，滿月一股腦兒倒了出來：「我沒想過不見你，就是心有些慌，想要靜一靜。我也沒想過要參加什麼聯誼，因為大雅是發起人，哦，大雅是我的另一個室友，喏，你看，就是那個現在挽著傾城公子的手臂，笑得很淫蕩……啊，不是，是笑得很燦爛的那個女生。都是自己的姊妹，我就來幫著衝衝人氣，撐撐場面，不是為了聯誼才不進遊戲。」

滿月的話說得顛三倒四，蕭颯卻是聽明白了。

他沉吟了好一會兒，才娓娓道來：「當初，因為很多人忌諱我的名頭，所以輕塵才會背著我幫我徵婚，那時，妳是唯一來的一個。他說，妳沒有氣質、嘴笨，一點見識都沒有，看起來又寒酸，說妳不算女人……」

蕭颯每說一句，滿月的嘴角就抽一下，原來這是她在傾城公子心中的形象！

「……我讓媒人去提親，妳也沒有拒絕，即使別人都說我是天煞孤星……」

滿月心虛了，其實她那時帶小翠去嘯鳴山莊是真的打算拒婚。

「……後來，玉天嬌去找妳，妳跟她說，妳什麼都不要，只要我……」

滿月臉紅了，當時她就賭那麼一口氣，心裡沒有多少綺念。

「滿月。」

「是！」滿月挺胸應道。

「我不是鮮花，妳也不是牛糞，小翠倒是說對了一點，我是人中龍鳳，而妳，杜彌月，是我選定的人。」蕭颯淡淡地說道：「不用管別人怎麼說，只要記住是我選妳的，這就夠了。」

不用管別人怎麼說，只要記住是我選妳的……

我是人中龍鳳，而妳，杜彌月，是我選定的人……

滿月忽然覺得暈乎乎的，蕭颯說的話，在她腦海裡轟然炸開，炸得她忘乎所以，炸得她不知今夕是何夕，眼中、耳中、心中，全被眼前這個男人高大的身影占據。感覺有些酸酸的、甜甜的，還有一種難以言喻的，類似喜悅的情緒在她心底慢慢膨脹開來。

從相識至今，她就發現這個男人不太多話，甚至可以說是沉默寡言，可是他的一舉一動、一言一行，都能讓人感到安心。

「哈哈哈！」

滿月感動的泡泡才成形不到三秒，忽地被幾桌外的爆笑聲打斷。她不悅地望過去，原來是被眾人包圍的傾城公子不知道說了什麼話，惹得一干少年男女大笑不已。

蕭颯似乎這時候才想起還有這麼一個人。

他剛進來第一眼看到滿月時，就直接把傾城公子拋到腦後去了。

「對了，妳還沒正式跟輕塵照過面，我讓他過來跟妳打聲招呼。」蕭颯說著，朝焦點中心的傾城公子使了個眼色，然後回頭說道：「那傢伙的本名是谷輕塵，輕鬆的輕，灰塵的塵。跟我一樣是T大的，外文系四年級，個性不是太好，不過還算重義氣。」

灰塵的塵……

滿月臉頰抖動了兩下。

在外人眼中飄逸絕塵的傾城公子，到了蕭颯眼裡，卻是灰塵的塵，而且還個性不好……個性不好的灰塵，此時在少男少女們的環繞之下，一口一個「學妹」，一口一個「學弟」，可謂是左右逢源，如魚得水。不止是女生們被他俊美的外表吸引，為他風趣的談吐著迷，連男生們也嘆服他的機敏。

雖然他一來就搶走所有女生的目光，讓幾個大男生很不快，但沒過多久，他們就發現他幾乎什麼話題都能搭上幾句，而且不是打擦邊球，而是真正的言之有物，其涉獵之廣博，讓他們大為懾服。

再者，他也不是只跟女生說話，而會刻意不著痕跡把話題帶到其他男生身上，給他們表現的機會，因此，眾人很快就天南地北聊了起來，其樂融融。

不過，還是有人頻頻偷瞧坐在角落的滿月和蕭颯。

蕭颯的氣勢十分強大，以致於沒人敢靠近那邊偷聽，可這不表示旁人不好奇。尤其有人看過不久前那場自己學校與T大的籃球賽，所以一眼就認出了那個穿黑衣的男生正是T大籃球隊的隊長蕭颯。

蕭颯和谷輕塵都是T大的名人，谷輕塵的名氣又高於蕭颯，因為他的來歷較為人知悉。

谷輕塵是台灣第三大企業鴻圖集團的第三代少東，集團未來的接班人。

谷家老祖宗以紡織業發跡，到了谷輕塵的爺爺谷錦揚這一代，正式從谷氏一脈分出來，成立鴻圖集團，涉足銀行、證券、保險及房地產等，目前以金融、建設、娛樂、通訊等為主要業務範疇。

富比世台灣富豪榜，谷老爺子谷錦揚名列第三，鴻圖甚至被外資評為台灣最具投資潛力的企業之一，谷老爺子的照片更是散見於各大報與財經雜誌，也因此，身為谷家三代單傳的孫子輩的谷輕塵，自然也是備受矚目。

只不過，谷輕塵還是學生，谷錦揚又對自己的孫子保護得緊，所以谷輕塵到現在還沒有感受到接班的壓力，暫時樂得逍遙自在。

這些都是檯面上的事，T大的學生都知道學校有這麼一個身家雄厚的天之驕子。

蕭颯則正好相反。

蕭颯的父母早亡，他是由外公一手拉拔長大的，沒有什麼令人稱羨的背景，他的鋒芒漸露是在大學二年級時。以第一名的成績錄取T大數學系的蕭颯，各科成績都名列前茅，當時系上的教授便覺得這個少年甚是穎逸，直到他升上大二，向學校提出休學一年的申請，遠赴美國時，教授們才知道他竟然早以函授的方式自修北美精算師協會準精算師考試的科目。

更令所有教授驚異的是，一年後當蕭颯再回台灣時，是頂著準精算師的光環回來的。

接著，在蕭颯大四那年，他再度提出休學一年的申請，這次同樣是飛往美國。這時，教授們更是譁然了，紛紛揣測蕭颯這一去，是否真的能更上一層，取得精算師 FSA 的證照衣錦還鄉。

在台灣的金融界，對於精算師這行，始終有著「九仞宮牆，高不可攀」的說法。全世界擁有 FSA 證照的精算師，按全球人口比例而言，堪稱鳳毛麟角，而台灣也僅有幾十人，其中留在台灣執業的，寥寥無幾。

蕭颯只是個茅廬都還沒跨出去的小子，通過準精算師的考試已經是逆天了，若再讓他拿到 FSA 證照，那就真是沒天理了。

數學系的一堆老頭子又嫉又妒地在心裡拚命咬手帕。

事實證明，這世界還真就是沒天理了。

蕭颯再回來時，那可不只是鍍了好幾層金，而是重塑金身了。

台灣史上最年輕的精算師，甚至是北美精算師協會裡最年輕的精算師，這一條消息震撼了台灣的金融界。不過，媒體並未如想像中的鋪天蓋地大肆渲染報導，因為所有的傳聞都被鴻圖集團的谷老爺子親自出面鎮壓下來了。

原來，背後資助蕭颯備考一應用度的正是鴻圖集團。

當然，外人並不知道蕭颯和谷老爺子之間後來到底達成了什麼協議，總之，蕭颯開始蟄伏起來，恢復正常的大學生活。

蕭颯本身就是數學系的高材生，大一加入籃球隊，運動天分盡數展露，大三時更是出任隊長。在他嚴苛的鞭策之下，籃球隊雖然不少人退出，但堅持留下來的人程度卻大幅提升了，甚至在前陣子的「全國大專院校風雲盃校際籃球錦標賽」中勇奪亞軍。

這對體育向來蹩腳的T大而言，幾乎可以說是奇蹟了。

關於精算師的背景，那是檯面下的，除此之外的種種，都是檯面上的，所以蕭颯的風頭在T大雖然穩健，卻不如谷輕塵花俏。

然而，別人不甚知曉蕭颯豐厚的底氣，身為蕭颯同校學弟的大傳系三年級的顧靖廷卻是一清二楚。

顧靖廷是跟著就讀A大哲學系三年級的好朋友來湊熱鬧的，在蕭颯和谷輕塵到來之前，他本是眾人圍繞的焦點。蕭颯和谷輕塵現身時，他一眼就認出這兩位T大傳說中的風雲人物，尤其他身為少數知道蕭颯豐功偉業的知情人之一，當下的震動更深。

以前只在學校遠遠看過這兩位學長幾眼，這還是第一次如此近距離接觸。

身為未來的記者兼主播，骨子裡的八卦火苗熊熊燃燒了起來。

就在其他人圍著谷輕塵聊得熱火朝天時，他始終一邊偷偷關注著坐在角落的蕭颯的動向。等到江思潔和小雅從那桌退出，只剩下蕭颯和另一個哲學系的女同學單獨對坐時，他更是激動了。

好不容易逮到空檔，顧靖廷故作漫不經心地旁敲側擊道：「谷學長，沒想到你和蕭學長會來參加聯誼，真是太讓人驚喜了。」

谷輕塵笑咪咪地說道：「不是，我們只是路過，順便來找人。」果然不負眾望，開門見山。

眾人一聽到「找人」兩個字，不約而同若有所覺地往角落投去視線。

眼見谷輕塵這麼「好說話」，顧靖廷先是看了蕭颯一眼，然後乘勝追擊，「哦，原來谷學長是陪蕭學長來找人的。」

「沒錯！」谷輕塵應得相當乾脆，「我家嫂子拋下我哥們兒跑來聯誼，我們哥兒倆當然要來關切一下！」

在角落進行「清算」的蕭颯，根本不知道谷輕塵臉不紅氣不喘，三言兩語就幫他和滿月坐實了夫妻之名。

顧靖廷眼睛猛然一亮，「谷學長說的嫂子……」說著看向滿月，「原來蕭學長早就結婚了！」他激動啊！今天果然不虛此行，不僅遇到兩大名人，還挖到這麼一個超級大八卦，星期一回學校上課有談資了！

「那當然，八字都合過了！」谷輕塵又不負責任地丟了一個重磅炸彈。

在場的人果然都被炸呆了，尤其是哲學系的女生們，她們竟然不知道平時在班上不起眼的杜彌月，居然是T大風雲人物的老婆。

大雅也是一臉驚愕地看向小雅，小雅拚命搖頭擺手，她不知道啊，她無辜啊，她冤枉啊！滿月明明說她和蕭颯只是認識而已，為啥才沒過多久，那兩人已經只羨鴛鴦不羨仙了，這是什麼超展開呀！

看著眾人一個比一個呆，一個比一個愣的傻樣，谷輕塵舒爽了。

在收到老大遞過來的眼色後，他愉快地站起身說道：「我哥們兒找我，我暫離一下，一會兒再回來和大家談天。」說完，揮揮衣袖，什麼也沒帶地往角落飄去。

看到谷輕塵那一臉猥瑣的笑容，又發現眾人看著自己和滿月的目光十分古怪，蕭颯沉下臉說道：「你是不是又亂說什麼了？」

「哪有，我正跟大家把酒言歡哩！」谷輕塵笑嘻嘻地轉頭跟滿月打招呼：「嫂子，『初次見面』，我叫做谷輕塵，輕鬆的輕，超逸絕塵的塵，一塵不染的塵，以後請多多指教。嫂子叫我輕塵就好了，老大也是這麼叫的。」

灰塵的塵……

滿月微笑點頭道：「你好，我是杜彌月，滿月的那個彌月。」

谷輕塵燦爛一笑，正想寒暄幾句，蕭颯開口攆人了：「好了，你可以滾回去了！」

「老大，你這是過河拆橋，有異性沒人性啊！」谷輕塵哀號完，在蕭颯犀利的眼鋒掃來前，立刻腳底抹油跑了。

「輕塵有些不太正經，妳別理他！」

滿月笑著點頭，一塵不染的塵嘛，呵呵！

蕭颯咳了兩聲，說道：「剛才我還有一件事沒說。」

「什麼？」滿月眨眼看著蕭颯，那純潔水靈的大眼，看得蕭颯忽然有兩分不自在。

蕭颯沉默了片刻，低聲說道：「關於小棒槌說的那個……」

「咦？」

蕭颯遲疑了一下，還是說了出口：「我一點都不介意，如果妳只是一個人就罷了，我不希望妳是對著別人，真的要找人，也只能找我。」

「啊？」滿月一頭霧水，「對著別人做什麼？」

蕭颯別開眼睛，看向他處，「就是發情。」

「……」

方小翠，我要掐死妳！

讓滿月磨刀霍霍的方小翠，正和小棒槌手拉手穿梭在荒郊密林間尋找屎殼郎，走著走著，忽然停下腳步不動，小棒槌扯了扯她的袖子，「妳怎麼不走了？」

「好像有人在談論我。」

「誰啊？」

「不知道，就是有這種感覺。不過，我人緣好，有人在背後稱讚我是很正常的。」

「哦。」小棒槌似懂非懂地點點頭，突然看到有東西爬過，連忙大叫道：「小翠，屎殼郎爬到妳腳邊了，快抓住牠！」

「哪裡哪裡？」小翠四下張望，「啊，找到了！臭屎殼郎，看本姑娘的鐵沙掌！」說著，一巴掌拍了下去。

「啊，小翠，妳抓錯了啦！妳抓到的是屎殼郎推的糞球，屎殼郎跑了！」

「……」

官網公布了第一次改版的內容，雖不完全，但該帶到的重點大致都提了。

眾人矚目的焦點當然是新副本「九重天」。初期先開放三層，每隔一個月開放下一層。最重要的是，進入副本的隊伍人數不限。

人數不限，高手玩家立刻就知道有陷阱，而普通玩家卻是直覺人越多勝算越大，技術不行，就靠大部隊輾壓，於是紛紛大讚遊戲公司佛心來著。不過，有組織的大公會幾乎都不約而同決定派出精英團去開荒。

風雨瀟瀟執掌的公會諸神黃昏也是。

諸神黃昏共有五個主要的精英團，身為會長的風雨瀟瀟是第一精英團的隊長，不定時帶隊開荒難度最高的新副本，搶首殺、首通。隨著其他四個精英團的武力值越來越高，開荒的重責大任已經慢慢轉到他們身上，畢竟風雨瀟瀟是公會長，還有其他事要統整。但遇到高難度的新副本，風雨瀟瀟仍是會親自帶第一精英團上陣。

據說九重天的攻克難度凌駕於十大變態副本之上，號稱遊戲正式營運以來獎勵最豐富，卻也最難啃的副本，所以風雨瀟瀟當下決定讓第一精英團和第二、第三精英團進入九重天。

而根據在其他公會的臥底所傳回來的消息，排行前十名的公會，基本上都有志一同，排除人海戰術。

就在各大公會為即將開放的新副本戰術討論得熱火朝天，搞得焦頭爛額時，滿月卻是糾結得小臉蛋變成了小籠包。

九重天副本什麼的，跟她這種半桶水的生活玩家沒有半毛關係，她是兩耳不聞窗外事，一心只等變美人。然而，官網公布的關於調整容貌的消息，宛如一道驚雷，劈得她外焦裡嫩，肝膽俱顫。

根據遊戲的原始設定，創角時，外貌只能改變頭髮長度，還僅有短髮、中長髮、長髮可以選擇，其餘均不能變動。改版後，新增了調整容貌的功能。以眼睛為例，可以改變瞳孔顏色、單雙眼皮、大小形狀；以嘴巴為例，可以改變唇色、唇形、嘴巴大小……諸如此類。

本該是普天同慶的功能，卻有個雷死人的但書，那就是每做一項調整，就必須付費，而且收費按不同部位而有不同，最低消費要三千兩。

「三千兩？還是低消？怎麼不乾脆去搶啊？」滿月憤憤地拍桌譴責。

「他們是在搶啊，搶的就是我們！」小翠搖了搖頭，「小姐啊，誰叫妳先天不足，想要靠後天彌補，本來就是要付出代價，花錢整型，天經地義！」

滿月嘴角抽了兩下，她覺得自己有必要跟小翠曉以大義，讓她明白她家小姐的金貴之處，免得她老是在別人面前滅她家小姐的威風。

「小翠，既然妳是我的丫鬟，我們就應該站在同一陣線，一致對外，所以，有件事情一定要讓妳知道。」

小翠立刻握緊拳頭，義正辭嚴地表忠心：「小姐不用擔心，小翠和小姐任何時候都是一體的！小翠會一直對小姐忠心耿耿，就算小姐長得醜，就算小姐有一天被姑爺拋棄了，小翠也絕對不會離開小姐，小姐請放心！」

「……」

滿月不知道像自己這樣的小姐當得這麼窩囊的是不是獨一份，但她深信，像小翠這個丫鬟當得這麼理直氣壯，有事沒事就愛把自家小姐一體去的，肯定是古往今來的獨一份。

「小翠，風雨瀟瀟說了，他是人中龍鳳，而我，是他選擇的。」滿月深吸了一口氣，略微驕傲地挺胸說道。

「我知道啊！就因為姑爺是人中龍鳳，才會選擇小姐，其他正常人眼睛都沒瞎，怎麼可能看得上小姐？」小翠一臉的理所當然。

這話絕對不是在褒風雨瀟瀟，而是百分百在鄙視她啊！

她錯了！她不該想著要把小翠從二樓推下去，而應該把她從二十樓踹下去才對！

滿月沒轍了，直接撂桃子，「反正我沒錢。」她的身家財產不過四百五十兩，這個最低消費的三千兩，也只能調整唇色。她的嘴唇是淺淺的櫻粉色，沒必要改變。

小翠皺眉，自家小姐有多窮，看她老是跟小棒槌到處找食材，又小氣得不讓自己在黑到不行客棧吃白食就可以知道了。

她的眼珠子骨碌碌轉了兩圈，忽然眼睛一亮，喜孜孜地說道：「有了有了，小姐，有了！有個地方可以一夜之間賺到很多錢，妳的臉有救了！」

妳的腦袋才該送醫啦！

「……哪裡？」

「銀鉤坊啊，城裡最大的賭場！」

小翠的話音剛落，不知道從哪裡蹦出來的小棒槌跟著叫嚷道：「我也要去，小翠，我也要去，帶我去帶我去！」

「不行，那裡是有錢人才能去的地方！」小翠一口拒絕。

「我有錢！」小棒槌立刻掏出他的錢袋，連拍了好幾下，「不帶我去，我就告訴滿月昨天妳吃了芋頭酥和桂花釀，又把帳記在她頭上了！」

「切，竟然威脅我！」小翠嘖了一聲，「好吧，帶你去，可是到時候你如果輸光了，我們可是不借你錢喔！」

「我不借！」小棒槌一口答應。

「那你保證不能跟小姐說。」

「不說不說，我保證不說！」小棒槌連忙搖著頭，用手把嘴捂上，「我也不會說前天妳打破的碗是從滿月薪水裡扣的！」

喂喂喂，我就在旁邊好嗎？

你們說悄悄話敢再大聲一點嗎？

滿月眼角抖了好幾下。

第二章

一入賭門深似海，從此良知是路人

銀鉤坊，位於雍城東北郊官道旁，雖然是賭場，卻建得相當氣派豪華，富麗堂皇直逼城裡最大的酒樓，而且無論白天或晚上，都是門庭若市，不過，有財力的社會人士通常晚上才有空登入遊戲，所以夜晚的銀鉤坊更是熱鬧非凡。

滿月一行三人到來時，正好是晚上九點半，賭場裡此時可謂是萬頭攢頭，黑壓壓一片。

銀鉤坊中各色賭具一應俱全，骰子、撲克牌、麻將等等，每張賭桌都圍了個裡三層外三層，看得滿月等人眼花繚亂。

三個人在賭場裡繞了一圈，觀望半天，最後擠到一張賭客比較少的桌子旁邊。

滿月瞄了幾眼，鬆了一口氣，這桌賭的是大老二，是她少數會玩的撲克牌遊戲之一。

大老二的規則不難，但對小棒槌來說，還是太勉強了，他看得一頭霧水，甚是沒趣，於是，他拉了拉滿月的袖子，說道：「滿月，我去那邊。」說著，指了指三桌外的地方，「那個我會，我要去那桌。」

滿月看了看小棒槌指的方向，剛才他們有經過那裡，那桌玩的是簡單的比大小，只是圍著的賭客多，他們才沒停留。

「好吧，你玩完再過來找我們。」

滿月認定小棒槌三兩下就會輸光，離開客棧前，大掌櫃只讓小棒槌帶了三百文，還警告滿月和小翠不准借他錢，以免他染上賭博的惡習。倒是滿月很豪氣地帶了五十兩來，準備大殺四方，賺個滿盆滿缽。

她和小翠只看了十來分鐘，其中一名賭客就垂頭喪氣地拽著乾扁的錢袋下桌。小翠見狀，快手快腳把滿月推了上去，也不管一旁比她們早來，排隊不知等了多久的賭客。

滿月尷尬地在得了旁人的幾記白眼下，從錢袋裡掏出賭資來。

剛上桌，滿月還不太習慣，她想著先保守玩一把，觀察情況，再酌量增減，於是，她數了數五十枚一文的銅板，放到前面。才剛收回手，就發現賭桌上忽然安靜下來，其他人紛紛向她看來。

突然成為眾人注目的焦點，滿月有些不自在。

幸好莊家及時開口，不過，他一說完，滿月就傻了。

「這位姑娘，我們的最低籌碼是五百文。」

五百文？也就是說，她的五十兩只能玩二十次？

不對，如果別的閒家加注，那說不定她輸個三把就要回老家嫁人了！

滿月想退縮，可一抬頭就接收到莊家及旁人灼灼射來的目光，她只好硬著頭皮補上剩下的四百五十文。接著，莊家一邊發牌，她一邊在心裡向宇宙下訂單，希望她第一把來個開門紅。

也許是她的誠心感動了上天，第一把竟然真讓她拿到了好牌。雖然湊不成同花順，卻能組葫蘆、組同花，落單的牌還是黑桃K。滿月簡直是笑開了花，眉眼、嘴角彎得連周圍的人看了都不由自主跟著笑起來。

當然，還包括了她的下家。

她的下家坐著的是個看起來約莫二十多歲，一身對襟窄袖酒紅勁裝的男人。他俊逸的臉上掛著三分慵懶，慵懶中卻有幾不可見的三分犀利，頗有種超脫卓然的睥睨之態。

那男人見滿月笑咪咪地看著手中的牌，眼中也不禁閃過了幾分瞭然的笑意。

果然，如他預料的，滿月是第一個出完牌的人，而根據這張賭桌的規則，剩牌越多則賭資按張數以一百文累加，於是，加上其他輸牌閒家的最低籌碼，滿月第一局竟然就贏了三兩多。

不止滿月眼睛閃閃發亮，小翠兩眼更是直接印上了大大的「＄」。

接下來的第二局、第三局，滿月再下兩城，共贏了七兩多。

三局贏了十一兩，滿月頓時有種中大樂透的錯覺，嘴角都快咧到耳際了。

然而，事實證明，錯覺，還真的就是錯覺。

第四局開始，滿月上揚的嘴角還來不及收回，短短的三分鐘內，賭桌上已血流成河，其中一半還是她貢獻的血。然後，第五局更是直接印證了「滄海桑田」、「樂極生悲」的真理——前三局贏的錢，後兩局全吐了出來，吐給了她的下家，亦即那個被小翠說笑得一臉淫蕩的男人。

滿月的鬥志被激了起來。

她鼓著腮幫子，把錢袋裡的碎銀子、銅錢全倒了出來，豪氣干雲地喊「發牌」。

莊家瞄了她一眼，淡定地開始發牌。

新局面，未必有新氣象。

一局結束，滿月被殺得一臉血。

接著，第七局、第八局……終於，第十一局落幕，另一名閒家灰頭土臉下了賭桌，滿月同樣的，十次革命未成，第十一次起義，把自己的錢袋也給「革」掉了。

望著手邊孤零零冷清清的三文錢，滿月此刻真是空虛寂莫覺得冷：啊，多麼痛的領悟，淒涼就是她的全部！

被小翠形容笑容淫蕩的男人，是賭桌上最大的贏家，連莊家也被他絞殺得節節敗退，他笑著傾身向滿月說道：「小妹妹，要不要哥哥借妳錢，讓妳翻本？」

滿月哼了一聲，用力甩頭。

這一甩，剛好看到蹦跳著回來的小棒槌。

她立刻找他求安慰，「小棒槌，輸錢一點都不丟臉，我們人窮志不窮，這次輸了，下次再贏回來就好了。你看，我輸了也沒哭哭啼啼，你也不要難過。所謂十賭九輸……」

小棒槌根本聽不懂滿月那番咬文嚼字的話，乾脆直接無視，他獻寶似的晃了晃錢袋，燦笑著炫耀道：「滿月、小翠，妳們看，我贏了好多錢哦，有十三兩耶！」

小棒槌的三百文贏到十三兩，她的五十兩卻輸到剩三文……

智商算什麼，贏錢才是王道！

滿月淚流滿面，只好乾笑兩聲：「呵呵……呵呵……」滿腹辛酸，都在呵呵中！

小翠鄙視地瞥了自家小姐兩眼，跟小棒槌商量道：「小棒槌，你的錢先借我家小姐好不好？等她贏回來就還你。」

「可是，舅舅說不准我借錢的。」小棒槌糾結了一下。

「大掌櫃是說不准我們借你錢，又沒說不准你借我們錢。」小翠想了想，又說道：「你借小姐十兩，小姐還你二十兩！」

滿月：「……」她的節操是高尚到有多喪心病狂，才能容忍小翠一再踐踏她？

小棒槌看了滿月一眼，點頭答應道：「好吧。」從錢袋裡數了十兩出來，交給滿月時，還不放心地叮嚀道：「記得要還我二十兩喔！」

「放心，我家小姐才不是那種言而無信的人，二十兩算什麼，小姐馬上就翻倍還你！」小翠拍胸脯保證，又在小棒槌耳邊小聲說道：「我家小姐是傻人有傻福，你看，她都比你傻了，你能贏錢，她也能翻盤……萬一，萬一小姐輸到被賭場扣住，我告訴你啊，我剛才偷偷瞄過，後面有個小門，咱們就從那裡先逃……」

滿月：「……」妳不是才說過，無論如何都不會拋棄我嗎？

果然是賭門一入深似海，從此良知是路人！

她這是傳說中的捨身證道啊！

作為她的下家，那一手牌技風騷的男人，好整以暇地看著滿月，就像是餓虎盯上小白兔，獵人看上小白鹿，手到擒來。

滿月握緊拳頭幫自己打氣，否極泰來否極泰來，否極才能泰來！

果然，十分鐘後，她真的否極了。

望著再次剩下的，像是在嘲笑她的三文錢，滿月的頭上，一隻烏鴉嘎嘎嘎緩緩飛過。

「小翠，我們要逃了嗎？我準備好了。」小棒槌扯了一下小翠的衣角，低聲問道。

「不用跑，還有三文錢。」小翠安撫道。

「那我的二十兩……」

「不怕，小姐如果不還你，你就跟大掌櫃告狀，從小姐的薪水裡面扣。」

滿月：「……」原來她的薪水越來越稀薄是有理由的！

坐她旁邊的那個酒紅勁裝的男人，笑容燦爛又殷勤地問道：「小妹妹，真的不要哥哥借妳錢嗎？不算利息喔！」

「……」

「哎哎，難得哥哥我心情好，妳可要把握機會啊！」

「……」

那男人傾過上身，靠向滿月，從旁人的角度來看，頗為親密，「真不要？」這話的語氣帶了幾分曖昧。

滿月皺眉，正想後退，突然一隻手從兩人之間穿過，一掌拍在桌上。

「我來！」口氣既硬又冷。

滿月轉頭，對上一張孤峭的俊臉。那雙黑眸雖深邃無波，她卻能感受到他渾身正散發著的絲絲怒氣，不由得縮了縮肩膀。

那酒紅勁裝的男人看到來人的瞬間，有些微驚訝，繼而慢慢瞇起了雙眼，揚起嘴角，露出意味深長的笑容，說道：「風雨瀟瀟。」

乍看到風雨瀟瀟，滿月也是微微錯愕，可風雨瀟瀟卻是在滿月三人踏進銀鉤坊的那一刻就收到了消息。當時，他正在跟傾城公子商議攻略九重天的事。

「銀鉤坊？她去那裡做什麼？」風雨瀟瀟面色不善地瞪著被派去暗中保護滿月的小三。

「賭錢。」見風雨瀟瀟聽到他的廢話時臉黑了一半，小三連忙低下頭，解釋兩句：「嫂子說沒錢整型，小翠姑娘就建議去銀鉤坊。」

「整型？」

「改版後新增的調整容貌功能要收費。」

風雨瀟瀟這下是整張臉都黑了，傾城公子沒憋住，噗哧笑了出來。

一記沁寒的視線射來，傾城公子立刻斂容說道：「我先前跟嫂子說了鳳朝陽要見她的事，小翠就要嫂子等調整容貌後再去，說是嫂子變漂亮了，老大你臉上也有光……噗，沒想到，她們不是開玩笑的！」

「谷、輕、塵！」風雨瀟瀟一字一頓地咬牙喚道。

「是！」傾城公子反射性的立正站好。

「你覺得很好笑？」

「不不不，怎麼會呢？」傾城公子忙搖頭，「我就是覺得，嫂子這麼為老大著想，真是讓人羨慕！有妻如此，夫復何求啊！」

風雨瀟瀟冷哼一聲。

傾城公子在心中畫了個十字，為滿月嫂子默哀。

吃喝嫖賭，他知道老大最痛恨人家賭博，即使只是網遊，但凡公會裡有人被他發現流連賭場，就等著不死也脫層皮吧，不過，身為副會長，他可是很鼓勵大家去試手氣的，怎麼能隨便擋人家的財路呢？況且，本著死道友不死貧道的心理，他還時常幫著其他人打掩護。

只是，嫂子這回可是主動撞到老大的槍桿上了。

跟著老大來到銀鉤坊，晃了半圈，很快就發現目標，可是仔細看去，竟然看見某人跟另一個男人坐得很近，還狀似親暱，傾城公子頓時頭大，斜眼瞥去，果然老大已經渾身籠罩在狂風暴雪之中。

待他看清那個正在搭訕滿月嫂子的倒楣鳳凰男長相時，忍不住默默在心裡點了三炷香。

鳳朝陽啊鳳朝陽，願菩薩保佑你留得全屍！

滿月也被風雨瀟瀟的冷冽氣勢鎮住，才怯生生開口說了個「我」字，就被風雨瀟瀟淡淡地堵了回去：「妳站一邊去。」

得令，滿月立刻從椅子上跳起來，把位置讓給風雨瀟瀟，然後像隻鵪鶉似的，耷拉著腦袋，乖乖垂手站到他的身後。

鳳朝陽挑眉在風雨瀟瀟和滿月之間來回看了幾眼，突然若有所悟，煞有其事嘖嘖了兩聲，笑道：「你的姘頭？」

傾城公子被他的姘頭二字嗆到，連咳了好幾下，頻頻腹誹：你這個死鳳凰，現在叫你作，叫你愛作，等一下老大出手，你就等著作死吧！

風雨瀟瀟對鳳朝陽的話置若罔聞，冷冷地對莊家說道：「發牌。」

「靠！你來真的？」鳳朝陽臉色微變。

「來賭場不賭錢，你來吃飯玩女人嗎？」風雨瀟瀟挑釁地嘲諷：「還是你怕了？號稱神賭的鳳大爺，難道賭錢全憑運氣？」

如果這話是別人說的，鳳朝陽早就第一時間噴回去了，偏偏是出自風雨瀟瀟之口。

鳳朝陽的臉色此時就像吞了蒼蠅一樣，憋得一會兒青一會兒白。

「錢有帶夠吧？」風雨瀟瀟問道。

「要不要掏給你看？」鳳朝陽沒好氣。

這個「掏」字用得很有歧義，很有顏色，圍觀的人聽得面面相覷，又礙於兩尊大神的氣勢過於強大，沒人敢插嘴。

看著風雨瀟瀟和鳳朝陽一來一往的針鋒相對，小翠的八卦雷達敏銳地偵測到「兩個男神之間不得不說的事」。糾結了一下，好奇心還是戰勝了對傾城公子的排斥，她湊近他小聲問道：「那個男的很厲害的，你們來之前，他已經贏了很多人了，連小姐都輸到差點要賣身了，他是什麼來頭啊？」

「妳們輸得一點也不冤枉，整個伺服器裡，能從這傢伙手中贏到錢的，寥寥可數。」傾城公子笑道：「常在賭場混的，沒人不知道他鳳爺的名號。」

「那姑爺豈不是……」

「這倒不用擔心，我們家老大就是寥寥可數的其中一個。」

「原來姑爺才是賭神！」小翠眼睛一亮。

「這話妳可千萬別在老大面前說，他不喜歡別人賭博，自己更不可能會沾一星半點兒。」

「可是，你剛才明明說姑爺能贏那個人。」

「贏歸贏，賭不賭是另外一回事。」傾城公子笑了笑，「老大今天才第二次踏進銀鉤坊，第一次是三個月前，當時幾乎贏到把鳳朝陽他們公會金庫裡的銀子搬了大半，最後還是他家副會長出面來把他架走，不然整個旭日盟早就都上街要飯去了。」

「鳳朝陽？旭日盟？怎麼那麼耳熟……」小翠陡然低叫了一聲，「啊，那個人是鳳朝陽？不就是他說要見我家小姐的嗎？」

「妳們連人家是誰都不知道，就敢跟他叫板，膽子不小呀！」

「嘖，這人真不是好東西，專門欺負新手！」

滿月一門心思撲在賭桌上的風雲變化，根本沒聽見小翠和傾城公子在旁邊的嘀咕。

她不想看到風雨瀟瀟輸錢，尤其是輸給那個贏了她錢的男人。當然，也不止這個原因，就像前不久她觀看武術擂臺賽時擔心他會被打敗一樣，她不喜歡看到他到輸。

也不知是從何時開始的，他的身影在她心裡變得高大起來，彷彿他是無所不能的，彷彿沒有任何事能難倒他，即使是賭博這種跟他的氣質沾不上邊的旁門左道。

她偷偷打量風雨瀟瀟的神色，就見他一如既往的面癱，而那個紅衣鳳凰男還是同樣掛著十分欠扁的笑容。

莊家發完牌，風雨瀟瀟只掃了一下牌面，起手幾個來回就依對子、花色等等整理好牌型，然後用手掌遮壓著牌面，其速度之快，站在後面的滿月根木是眼前一花，再回過神來，就只看得到牌背面的花紋了。

這……他到底有沒有看清楚牌啊？

風雨瀟瀟接下來出牌更是讓滿月目瞪口呆，她覺得他壓根兒沒看牌就直接拈起丟出去了，簡直像是有透視眼似的。不過，身為他下家的鳳凰男似乎一點都不驚訝，只是偶爾瞄他一眼。

由始至終，風雨瀟瀟的表情都沒什麼變化，看不出什麼端倪來。

第一局結束，風雨瀟瀟贏了。

滿月光顧著看他的臉和他的手，沒來得及留意各人丟出的牌，第一局就這在她的莫名其妙中結束。風雨瀟瀟是贏了，但她根本不曉得他是怎麼贏的，連他拿到哪些牌都不知道。

第二局開始，風雨瀟瀟理牌、出牌的速度不減分毫，滿月仍是眼花繚亂，結果這局又是在她搞不清楚狀況下落幕，風雨瀟瀟還是贏了。

第三局、第四局、第五局……第N局，風雨瀟瀟贏多輸少。他和鳳朝陽是固定的閒家，其他席次不知下去上來多少人，但無論換了幾人，基本上，就是風雨瀟瀟和鳳朝陽捉對廝殺罷了，而且勝負還是一面倒。

雖然鳳朝陽是下家，卻沒占到上風。

「姑爺好強啊，根本是賭神再世嘛！」小翠驚呼，「姑爺一定是常常私下偷練，不然怎麼可以這麼神？簡直就那個什麼神乎其技，賭王之王啊！」

傾城公子拿扇子敲了一下小翠的頭，「打妳個賭王之王，就說老大最恨賭博了，賭神賭王什麼的，少在他面前亂說！」

「姑爺明明就很厲害，為什麼不許人家說？」小翠嘟嘴哼哼道：「而且姑爺根本不像很少玩的樣子，你看他一直贏，都不像小姐那麼笨！」

滿月恰好聽到小翠最後這句話，忍不住轉身賞她一記白眼。

「嘖，妳懂什麼？打牌不是常玩的人就贏面大，像妳們這樣瞎玩，再玩個一百萬次也沒用。大老二這種遊戲，比的不是手生手熟。妳知道鳳朝陽這樣經常流連賭場的高手，為什麼還是輸給老大嗎？」

小翠虛心老實搖頭。

「那是因為老大對數字的敏銳度比一般人高出許多。光是拿到好牌沒用，要觀察並記住其他人出牌的順序和習慣，留意別人缺牌的點數，再用手上的牌釣出他們的大牌。同時要熟悉各種牌型的相對性，比如你拿到對子，就表示有人可能也拿到對子，然後摸清各人的起牌來預估他的牌型。每個牌型背後都有它的邏輯和原理，這也跟出牌人的性情有關。性格決定命運，就像賭徒的性情，會影響勝負的機率。而老大就是深諳此道，才會勝那些賭場老手多矣，懂了嗎？」

傾城公子沒說的是，老大的面癱也是比其他人強的優勢。

賭牌要不靠運氣，除了觀牌、記牌，更高竿者，還要能從別人的表情預判對方的後招。如風雨瀟瀟這種雷打不動的萬年冰山，別人連個屁端倪都瞧不出來。

小翠聽得雲裡霧裡，愣了好一會兒，才呆呆地問道：「你的意思是說，姑爺是神棍，可以猜中別人要出什麼牌？」

傾城公子噎了一下，直想拿扇子捶心肝。

滿月這會兒可是能分神聽傾城公子和小翠的叨絮了。

傾城公子那番牌理她雖然不是很懂，但約莫能聽出他想表達的意思，所以她恍惚能理解為什麼風雨瀟瀟出手的速度極快了，因為他不是用眼睛在看牌，而是用「心」在觀牌。

風雨瀟瀟可沒周遭人那麼多腹誹，又是一局終了，他瞄了一眼鳳朝陽桌前只能用冷冷清清淒淒慘慘戚戚來形容的籌碼，淡淡地說道：「還來嗎？」

「哼，你怕了嗎？」鳳朝陽冷哼。

「怕！怕你又把你們公會的金庫搬空，怕你們公會的副會長來不及趕到！」

鳳朝陽噎了一下，「你這人還是那麼討人厭。」

「過獎。」

「沒人在誇你。」

「走了。」

「不送。」

風雨瀟瀟起身，拎著滿滿當當的錢袋，瀟灑離去。

滿月見風雨瀟瀟頭也不回地大步流星走了出去，對她連個招呼也沒打，不由得愣了一下。

小翠看到滿月還傻乎乎地沒跟上，連忙拽著她的手，另一手抓過當布景板當到快睡著的小棒槌，追著姑爺跑去。

這時，鳳朝陽身邊的人湊上前問道：「鳳爺，那女人是……」

「能讓風雨瀟瀟這麼維護的，除了他那個命大的老婆，還能有誰？」

「可是，剛才風雨瀟瀟好像根本不甩那個女人啊！」

「這點眼色也沒有，回去修練個一百年再來！」鳳朝陽不耐煩地揮揮手，「滾滾滾，別妨礙你家大爺我玩牌！這個風雨瀟瀟來一次，就把我這禮拜贏的全挖走了，你家大爺我今天非得賺點回來不可！」

滿月和小翠剛跑到銀鉤坊大門外，就看到風雨瀟瀟站在一旁。

從後面跟上來的傾城公子見老大面色不善，摸了摸鼻子，識相地對小翠和小棒槌說：「本公子請客，帶你們去瀟湘樓見識一下名動京城的瀟湘美人。」

話一出口，傾城公子就後悔了。

他對著一個女人、一個小孩說什麼瀟湘樓呢？

口頭禪什麼的，真要不得啊！

「瀟湘美人算什麼？月華軒來了一個比月華仙子更美的月光仙子，走，我帶你們去看！」小翠抬起下巴，一副神氣活現的模樣。

「月光仙子比明月姊姊還漂亮嗎？」小棒槌歪頭問道。

「那當然，明月是咱們的客棧之花，月光仙子可是京城之花啊！」

傾城公子看著小翠一邊走一邊對小棒槌唾沫橫飛地細數各大紅樓的美人，瞠目結舌地站在原地好半天，直到她倆的背影快看不見，才回過神來，快步追了上去。

滿月看了看傾城公子遠去的身影，又看了看巍然不動的風雨瀟瀟，幾次張嘴，最後還是什麼也沒說，低下頭，乖乖站在風雨瀟瀟旁邊。

風雨瀟瀟瞥了滿月一眼，慢悠悠地也往城裡的方向走去，滿月連忙跟上。

走了一會兒，滿月見風雨瀟瀟始終不說話，心裡有些發怵。

她感覺得到他在生氣，但不知道他為什麼生氣，猶豫了許久，忍不住討好地說道：「你今天忙不忙？累了吧？要不要去我們客棧喝杯茶，我請客！」

風雨瀟瀟涼涼地睨了她一眼，「三文錢的茶？」

滿月嗆了一下，有這麼打擊人的嗎？

「輸了多少？」風雨瀟瀟問道。

「啊？」

滿月呆呆看著風雨瀟瀟有意無意摩挲著那個沒有收到道具包裡的鼓鼓脹脹的錢袋子，忽然眼睛一亮，心道：原來他是替我討公道來的，所以，這是要還我錢嗎？

醒悟過來的滿月，笑咪咪地說道：「五十兩！啊，不對，還跟小棒槌借了十兩！」她很有良心的沒說借的那十兩後來變成二十兩了。

「哦。」

哦？然後呢？

然後，滿月就眼睜睜看著風雨瀟瀟把錢袋收進道具包裡，悠悠然負手往前繼續走。

「那個……」滿月瞪大眼。

「怎麼？」風雨瀟瀟斜眼瞥來。

「沒事。」滿月被他這麼冷淡的一瞥，瞥得小心肝顫了顫，頭立刻搖得像波浪鼓。

「沒事就好。」

兩人又無言走了好一會兒，風雨瀟瀟忽然想起什麼似的，輕描淡寫地說道：「對了，五天後新副本九重天會開放，到時妳也一起來吧。」

「啊？」滿月猛然抬頭，以為自己聽錯了，一臉錯愕。

「黑到不行客棧的大掌櫃說妳那天沒排班，應該有空吧？」

「啊？」

「就這麼決定了。」

「啊？」

滿月覺得自己風中凌亂了。

這不是有沒有空的問題，而是要不要命的問題啊！

那種聽說高手去了也只有被輾壓的變態副本，讓她這種沒有戰鬥力的小白兔去湊什麼熱鬧呀？你一個堂堂威震全伺服器的大神，至於用這種掉價的堆屍打法嗎？

她不過是走了一遭賭場，輸了一次錢，就要被這麼殘暴地鎮壓嗎？

果然，大神的節操不是像她這種正常的地球人能懂的。

傾城公子把小翠和小棒槌送回黑到不行客棧，回到嘯鳴山莊時，風雨瀟瀟正在前堂和公會裡的幾名幹部討論四處收集來的與九重天相關的小道消息，以及派駐在其他公會的臥底所傳回來的各公會的動向。

傾城公子加入他們的會談，中途還不時偷偷打量風雨瀟瀟的神色。

風雨瀟瀟發現了，卻視若無睹，直到會談結束，其他人都離開了，也沒搭理傾城公子。

傾城公子憋不住話，小心翼翼地問道：「老大，你生氣了？」

「生什麼氣？」

「嫂子去銀鉤坊的事。」

「哦。」

哦？哦是什麼意思？到底氣還沒氣？

傾城公子瞪眼。

風雨瀟瀟根本不接話碴，轉而說起了要帶滿月去九重天的事。

這下子，傾城公子不瞪眼了。

老大很生氣，老大果然非常生氣，否則為什麼要對愛妻進行武力鎮壓？就像每每得知公會裡有人去賭場時，便會讓那人去執行一些死去活來，活來又死去的變態任務一樣。

沒想到老大對自己的老婆也這麼狠，不壓則已，一壓到底。

「你胡說什麼？我自有道理。」風雨瀟瀟聽見傾城公子的嘀咕，皺眉說道。

「自有道理？」傾城公子不滿，「那半個月前，小四去銀鉤坊被你發現，結果你要他去枯老山取九十九張猲狙皮，三天內要全數繳回公會倉庫，那是什麼道理？」

猲狙是一種紅頭狼身的凶獸，性狡嗜血，好食人。不難擊殺，卻是蹤跡難尋，更別提要收集多達九十九張的猲狙皮。猲狙皮只能用來做最低階的藥材，有個屁用？明擺著是刁難人嘛！

風雨瀟瀟斜覷傾城公子，涼涼地說道：「他有時間去賭場，自然有時間做任務。」

「……」你敢再理直氣壯一點嗎？

此時，真正的苦主正在黑到不行客棧裡唉聲嘆氣。

小翠同情地望著五天後就要慷慨赴義的自家小姐，絮絮聒聒地勸慰道：「人生自古誰無死，小姐就安心地去吧。雖然小姐對社會一點貢獻都沒有，簡直就是個只會吃喝拉撒睡的廢材，但是天才和廢材最後都是要死的，不然那麼偉大的諸葛亮去死前，怎麼還寫『人生自古誰無死，男人女人都要死』這種流芳百世的詩……」

滿月聽到小翠的話，差點一頭栽在桌子上。

「誰告訴妳男人女人都要死？是『人生自古誰無死，留取丹心照汗青』，而且這是文天祥寫的，諸葛亮是無辜的！」

「啊？文天祥？文天祥是誰？」

「……」

這天晚上，滿月帶著滿頭黑線登出遊戲下線去了。

她軟軟地一頭栽倒在床上，從小翠口中知道了風雨瀟瀟不喜歡賭博，她才恍然大悟他在賭場裡對她那麼冷淡的原因。

小翠以為她是在擔心去九重天打醬油，事實上，她是為風雨瀟瀟冷冰冰的態度感到鬱悶。

從她認識風雨瀟瀟以來，就知道他對人一向不假辭色，近乎冷漠，但那是對旁人，對她，他總是冷淡的面孔下透著幾分溫和，所以她從來不曾怕過他，可是今天他幾次三番漠視她，讓她有些說不出的委屈。

這是兩人認識至今，他第一次擺臉色給她看。

她躺在床上呆呆地望著天花板。

不知過了多久，安靜的房間裡，忽然響起了「一閃一閃亮晶晶，滿天都是小星星……」的悅耳音樂鈴聲。

滿月回過神，隨手拿起手機。

看到來電顯示的名字，愣了一下，隨即迅速按下接聽鍵。

「喂喂喂，我是滿月！」

滿月心裡吊了十五個水桶，七上八下。

這是風雨瀟瀟，應該說是蕭颯，第一次打電話給她。

前不久的聯誼之後，兩人分開前，交換了彼此的手機號碼。

「還沒睡？」聲音很平穩。

「嗯嗯。」

「在擔心九重天的事？」蕭颯不等滿月回答，逕自又說道：「剛才我去客棧，小翠說妳已經下線了。」言下之意，小翠大概又說了什麼。

滿月有些懊惱，早知道晚一點離開遊戲就好了，這樣就不會錯過了。

不過，也就是因為錯過了，她才能接到他的電話，這可是兩人第一次通電話呢！

滿月有些小小的竊喜。

「沒有，我才不擔心！」滿月拍胸脯，「人生自古誰無死，男人女人都要死嘛！」

叩！砰！

手機裡傳來東西掉落碰撞的聲音。

蕭颯的手機掉了，滿月也呆了。

她的話說得太順口，竟然把小翠那番傻話脫口而出。

手機那頭安靜下來，滿月尷尬地補救道：「我的意思是說，早死晚死都要死，呵呵……」

「……所以，妳也認為我是要妳去九重天送死？」

蕭颯的嗓音略低沉，略有磁性，很好聽，卻有著隱隱的陰鬱，似是被她的不信任所傷。

滿月微愣，結結巴巴說道：「不是，我沒有這麼想……只是，我的職業是廚師，去九重天幫不了什麼忙……」

蕭颯又不說話了，不知是不是在估量她話語背後的真實性。

過了大半天，手機彼端才又傳來他的話：「好了，我知道了，看來，我們對彼此還不夠了解，才會產生今天這樣的誤解。明天妳的課幾點結束？」

啊？怎麼一下子歪樓了？

「明天只有形上學一門課，早上十點到中午十二點。」

「嗯，明天見。」

蕭颯說完就掛斷電話，滿月還拿著手機呆愣。

明天見？什麼意思？

第二天中午，滿月就知道蕭颯口中的「明天見」是什麼意思了。

形上學的課結束後，大雅和小雅各自有約，沒跟滿月一起走。滿月覺得一個人在外面吃中餐沒意思，決定隨便買點東西回租屋處吃，然後把握時間進遊戲做準備。

既然不能不去九重天，那只好像小翠說的，至少得做點行前準備，雖然她還沒想好應該做什麼準備。

滿月一邊在心裡盤算著，一邊晃晃悠悠朝校門口走去。

中午的休息時間，校園內人來人往，說說笑笑，如往常般吵雜。

滿月兀自神遊著，沒注意到越接近校門，周遭竊竊私語的聲音越大。等到她離校門不到三十公尺時，赫然發現大門口竟然不知何時聚集了比平日更多的人。

有什麼大人物來學校嗎？

滿月好奇地東張西望，只看到一叢叢的人頭湊在一起議論紛紛。

就在這時，她心頭一凜，突然有種異樣感，彷彿有人正目光灼灼地盯著自己。

滿月舉目遠遠掃去，陡然對上一雙幽深的黑眸。

眸子的主人正雙手抱胸，背倚著寶藍色的轎車，好整以暇地看著她。

滿月傻眼，立刻醒悟昨晚蕭颯說的那句「明天見」的含義。

當下，她有種落荒而逃的衝動，可是蕭颯那直勾勾的視線宛如釘子，釘得她的雙腿發軟，釘得她動彈不得。

蕭颯是T大的風雲人物，在A大雖不是人盡皆知，卻也是有一定的名氣，認得他的人不少，尤其是經過全國大專院校籃球錦標賽後，他在A大的知名度又更高了。

本來滿月上前打個招呼也不算什麼，問題是，前不久與電機系的聯誼餐會後，那個來自T大大大傳系的顧同學回到學校，居然開始宣揚蕭颯已經名草有主，還振振有辭說他的老婆就是A大哲學系的學生。

當時在T大引起軒然大波，全校譁然。

前景看俏，卻大學就結婚，還是跟A大這種不算名校的學生，怎麼想都不太靠譜，於是，有不少人質疑顧靖廷的話，甚至諷刺他想藉著造蕭颯的謠來創自己的勢頭。

據說，有人大著膽子去找蕭颯求證，卻只得來他冷漠的背影。

這把火後來也燒到了A大。

知道蕭颯名頭的A大學生，大部分都不相信這個傳聞。

一時之間，原本冷門的哲學系，突然熱了起來——為了傳說中蕭颯的女人。

那天有去參加聯誼的人，雖然都看到了滿月和蕭颯兩人坐在角落談天，卻也沒見到他們有什麼親密的舉動，再加上滿月口風很緊，只說自己和蕭颯是認識的朋友，所以其他人的八卦之火慢慢也就熄了。

沒想到，T大的火會燒到A大來。

不過，有了滿月之前的否認，這把火後來就不了了之了。沒人敢去捋蕭颯的虎鬚，傳聞中的女主角又否認，這火還能怎麼燒？不過，蕭颯在A大的名頭倒是又響亮了一些。

然而，野火燒不盡，春風吹又生。

只要有人的地方，就有江湖，當滿月看到蕭颯這尊大神在眾目睽睽之下堵在校門口時，她頓時有種強烈的不祥預感——江湖又要再度掀起一場腥風血雨了。

滿月此刻實在是進退維谷。

往前一步，萬劫不復；退後一步，大神震怒。

衡量再三，她深吸了一口氣，硬著頭皮穿過人群，猶如赴刑場般，慢慢朝蕭颯那方挪過去。

滿月覺得嗡嗡聲不絕於耳，可是等到她在蕭颯面前站定時，世界突然安靜了下來。安靜到她幾乎可以聽見自己的心跳聲。

蕭颯盯著滿月快埋到胸口的小腦袋瓜兒，壓抑住習慣性要去撫摸的衝動，說道：「妳想去山上，還是海邊？」

滿月頓了一下，抬起頭來，「我想先吃飯。」填飽肚子，好打BOSS！

她偷偷攥緊了小拳頭。

蕭颯看著滿月毅然決然的表情，有一瞬間的恍惚：怎麼跟輕塵說的不一樣？

「好吧，妳想吃什麼？」

「這是你的車嗎？我們可以先上車再說嗎？」四周聚焦過來的視線，已經快把她燒出個窟窿來了。

蕭颯早已習慣旁人的注視，並沒有半分不自在，但看到滿月有些急切的臉龐，就轉身打開副駕駛座的車門，滿月連忙鑽了進去。

車子駛離A大，滿月終於鬆了一口氣。

蕭颯側頭瞥了她一眼，想起之前他在聯誼時看到她吃完的小山一般高的空盤子，決定帶她去吃到飽的自助式餐廳。

看著眼前擺了一桌的各種美食和甜點，滿月很滿意。

看到滿月很滿意的蕭颯，也很滿意。

雖然不像輕塵說的，什麼在花前月下談心，或是用燭光晚餐卸下對方的心防，再一層一層攻略，最後讓她跟你交心，獲得她完全的信任……總之，也算是好的開始。

兩人默默用餐，一個在專心補充戰鬥能量，一個在思索要如何打開話匣子。

等到滿月嗑完最後一塊紅豆抹茶麻糬時，蕭颯也剛好吃完最後一口提拉米蘇。

他平時不吃甜食，但看滿月吃得津津有味，忍不住也破天荒吃了。

滿月用餐巾紙擦完嘴，然後深吸一口氣，目光炯炯有神地筆直看著蕭颯，心道：來吧！我準備好了！

蕭颯被滿月突然散發的氣勢弄得一時有些莫名其妙，半晌才從皮夾裡掏出一張東西遞給滿月。滿月接過一看，頓時呆住，這是……身分證？

「我想了一下，就是因為缺乏溝通，所以妳才會不信任我。」蕭颯兀自娓娓道來，好聽的嗓音在氣氛悠閒平和的空間裡流淌開來，「趁著這個機會，我們倆可以好好深入交流，避免再發生昨天那樣的誤解。」

滿月看著手上的身分證，聽著蕭颯的話，不覺有些懵，她完全不懂這個男人的邏輯啊！

這天下午，兩人果然好好地深入交流了一番，而且成效卓著，證據就是，當蕭颯開車送滿月回租屋處時，兩人的嘴角都是微揚的。

蕭颯是因為雙方都做了剖白，對於彼此的喜惡有了一定程度的了解，因而心滿意足地揚起嘴角；滿月則是迷迷糊糊被「拷問」一番，連自己幾歲還在尿床的事都供了出來，最後在下車前，暈乎乎地說了句「其實比起你的身分證，我更想看你的銀行存摺」，然後得來蕭颯乾脆俐落的一句「沒問題」，使得她原本笑了一下午而僵掉的顏面神經瞬間大大緩和，因而心滿意足地揚起嘴角。

「所以，姑爺沒有嫌棄妳竟然上了國中還尿床？」

當天晚上，小翠聽到姑爺上門堵人，進行深入交流的「壯舉」時，當下不可思議地打量自家小姐，那目光中還有毫不掩飾的嫌棄。

「妳怎麼知道我國一的時候尿床？」滿月驚訝，下一秒又醒過神來，「不對不對，重點不是這個好嗎？重點是，我們兩個人之間的障礙沒了，他了解我，我也理解他。」

「小姐理解姑爺什麼了？」小翠直白地問道。

面對這個大哉問，滿月細細咀嚼起下午兩人說起的那些事，隨即眼睛一亮，小聲說道：

「他的戶頭裡錢不多，那是因為他都挪作其他投資了。」

「這算什麼理解？」小翠瞪眼。

「這可重要了。」滿月睨了小翠一眼，彷彿在鄙視她的智商，「這表示他是個很有前瞻性的人，不貪圖小利，凡事都有計畫，絕對不是白白叫我去九重天送死。」

這是用什麼邏輯推演出來的結論啊？

「那……小姐還是要死囉？」

「小翠啊，死有重於泰山，輕於鴻毛，妳家小姐這叫做為大義而犧牲，說什麼死不死的，太俗氣了！」

小翠看著小姐一臉的凜然，默默在心裡給姑爺點了三十二個讚。

姑爺威武，才做了一下午的交流，小姐就原地滿血復活，連送死都可以輕於鴻毛了。

相較於小翠的驚嘆，聽完風雨瀟瀟濃縮精簡版的交心過程後，傾城公子滿臉驚愕。

「你給嫂子看你的身分證？」

「嗯。」

「你還給她看你的銀行存摺？」

「嗯。」

傾城公子無言了，他家老大的智商絕對毋庸置疑，但戀愛情商絕對值得懷疑。

他明明支了很多招，什麼趁著看電影時，藉著討論劇情，不著痕跡讓對方明白自己的想法。什麼趁著牽手散步，利用溫馨的氣氛，不著痕跡說說自己遠大的抱負……但，那兩人的「深入交流」是什麼超展開啊？

傾城公子深呼吸了一口氣，「那……嫂子已經明白你是因為她手中握有攻略九重天的線索，才要她去的嗎？」

風雨瀟瀟後來跟傾城公子說了，他和滿月在解夫妻任務時，滿月獲得一枚虎符的事。當然，他們還從公會幹部那裡得到消息，有的玩家也曾在解任務的過程中，或多或少掌握與九重天相關的線索。

因此，傾城公子才知道風雨瀟瀟確實是有正當理由要滿月去九重天。

「我沒有提九重天的事，但我想，她現在應該能了解我的用意才對，我怎麼可能無緣無故讓她去送死？」風雨瀟瀟皺眉說道。

傾城公子可沒有自家老大這麼樂觀，稍晚，他偷偷找了小翠詢問，當得知滿月那番「死有重於泰山，輕於鴻毛」的論調時，他深深地淚流滿面了。

為什麼一個哲學系的女人和一個數學系的男人談起戀愛來，腦子就像被百萬隻草泥馬踐踏過，思考迴路歪斜得離正常人有百萬個太平洋的距離？

第三章

人在江湖飄，始終要挨刀

「是！」滿月驚得立正站好。

「我的毒藥就先寄放在妳那裡，我會跟靖哥哥說我只是幫小姐保管的，這樣靖哥哥就不會誤會我了，我在靖哥哥心裡就還是那個天真善良又純潔無邪的小翠！」

滿月：「……」那誤會我就可以嗎？我也想天真善良又純潔無邪啊！

「小姐，有問題嗎？」小翠神情嚴肅地問道。

「……沒有。」

小翠又冷笑起來，「狐狸小三，妳給我等著，我現在就去收拾妳！」說完，風風火火地跑走了，連滿月想問一句「靖哥哥是誰」都來不及。

正妻遇到小三，果然都會變得很凶殘！

滿月看了看堆了滿桌的毒藥毒草，只想了三秒，就很淡定地全部收到自己的包包裡。跟凶殘的正妻比起來，她覺得自己的小命還是比較重要，先過了九重天那關再說。

然而，當風雨瀟瀟看到滿月帶了滿滿一包毒藥，再配上她那一臉視死如歸的凜然表情時，冰封習慣了的俊臉，陡然出現了好幾條裂痕。

不過，滿月得知風雨瀟瀟只打算帶她進九重天時，她臉上不只是有好幾條裂痕，根本就像乾涸多年的泥地，整塊龜裂了，不是說好要組精英隊伍進去刷BOSS的嗎？

她茫然地看著站在一邊，曾經共患難過的傾城公子、刃無名、孟九少和伍一，難道你們幾個不是來救火的，而是來送葬的？

她的腦海裡突然冒出上個世紀的經典電影《送行者》裡的畫面……

風雨瀟瀟彷彿知道滿月心裡所想的，解釋道：「我讓刃無名他們幾個帶公會裡的精英團一起行動，我們兩個和他們分頭行事，這樣贏面大一些。」

聽了這話，滿月的臉已經不是龜裂二字足以形容，而是面如死灰了。

和鍵盤式的網遊不同，這種有痛覺的，幾可亂真的全息網遊，根本是在玩心跳啊！

大神，您真覺得帶我這個負責打醬油的炮灰進去九重天那種比正妻還凶殘還險惡的地方，有所謂的贏面可言嗎？其實，我真的只想當路人甲呀！

大概又是老夫老妻的心有靈犀，風雨瀟瀟皺眉道：「妳不相信我？」

滿月連忙搖頭表忠心：「當然不是，我百分之百相信你！」我是不相信我自己啊……

「我也相信妳。」風雨瀟瀟眼底浮現了幾分笑意。

「……」為什麼她覺得更空虛了……

似乎是認為她的打擊不夠，傾城公子笑咪咪地說道：「嫂子不用怕，就當是跟老大兩個人去蜜月旅行好了！」說完還曖昧地眨了眨眼睛。

滿月：「……」有人會傻到去地獄度蜜月嗎？

孟九少撥了一下頭髮，笑得一臉盪漾地附和：「雙宿雙飛，真讓人羨慕啊！」

滿月：「……」其實我比較想飛去你們那團，人多比較溫暖……

刃無名依舊只在意風雨瀟瀟，「本來以為可以跟你聯手再大幹一場，可惜了。」

滿月：「……」我真的一點都不介意成全你們二位！

伍一：「……」

滿月：「……」都這種時候了，你還是一個字也不吭嗎？

被定點打擊後，滿月以為再聽到什麼「安慰」的話，也都不覺得奇怪了，可是，當她看到那個這幾天不見人影，說要去收拾狐狸小三的小翠氣喘吁吁地跑來時，她的眼皮不由得抽了一下。

就某種意義來說，小翠那張賤……健康的嘴巴，可以說是「此嘴只應天上有，人間能得幾回聞」般的天下無敵。

「小姐，妳就放心去吧，我已經跟大掌櫃說好了，妳打工的薪水我會幫妳收下來，順便幫妳用掉，絕對不會浪費。小姐的菜田我也會幫忙收割拿去賣，賣的錢我就委屈一點，也幫小姐處理好了……對了，小姐，妳看要不要把道具包裡的東西先給我，反正妳以後也用不到了，留著也是可惜啊！」小翠說著，打量了滿月全身一遍，「小姐，妳頭上那支髮釵不錯，應該可以賣幾個錢，要不要也給我算了？還有……」

「我就算死，也會活著出來的！」滿月兩隻小手在胸前緊握成拳。

眾人：「……」妳這是詐屍啊！真可憐，都嚇到開始語無倫次了！

滿月看到小翠撇嘴，一副不相信的樣子，忍不住故作正經地問道：「小翠，妳的狐狸小三解決了喔？妳說的那個靖哥哥咧？」

本來還滿不在乎的小翠，聽到「靖哥哥」三個字，臉頰立刻微微紅了起來，手指拈著衣角，整個人瞬間變得彆扭起來，「小姐，妳真壞，竟然……竟然在大庭廣眾之下取笑人家，人家……人家不依啦！」說完，頭一扭，拉著裙襬，蹬蹬蹬的小碎步跑走了。

滿月目瞪口呆，妳那個矯情的小碎步是怎麼回事？

「靖哥哥？」傾城公子瞇眼，臉上的表情有些古怪。

孟九少看了看小翠消失的背影，又看了看傾城公子若有所思的神情，賊兮兮地笑了起來。知道孟九少想歪了，傾城公子一巴掌拍在孟九少的後腦杓上。

「靠！谷輕塵，你惱羞成怒！」孟九少指控。

傾城公子刷的展開摺扇，悠悠然扇了幾下，涼涼地說道：「非也非也，我是在拯救你那顆不純潔的腦子！」

九重天有限制進入副本的次數，一天只能一次，攻略失敗的話，就要等過了午夜十二點副本重置，才能再進去。

風雨瀟瀟並沒有像其他玩家一樣，在早上八點副本開放時，就急匆匆地進去一探究竟，搶首通搶首殺。相反的，他默默看著一波又一波的玩家豎著進去橫著出來，直到晚上七點，才下令安排好的隊伍在副本入口集合。

所以，副本入口現在已經不像早上剛開啟時那麼擁擠，除了他們之外，甚至看不到幾隻小貓在入口晃盪。不過，風雨瀟瀟很清楚，其實大部分的玩家都跑去泡官方論壇了，而且清一色集火遊戲公司，罵聲不斷，認為副本設置的難度太高，根本是在欺負玩家。

風雨瀟瀟對口水戰沒興趣，他仔細流覽了某些玩家在九重天裡攻略失敗的帖子，當然也有擅長分析的玩家早一步收集了這些人的經驗，歸納統整，卻仍是沒有理出邏輯來。

正常來說，每個人進副本遇到的場景、觸發的任務應該是大同小異才對，偏偏大家進入九重天第一層看到的情景卻是各有不同，遇到的怪物也有強有弱，而且每個玩家都振振有辭，說自己見到的才是對的，還說得有鼻子有眼。

遊戲玩多了的老手，自然知道有些人肯定是在混水摸魚，故意散布假消息，混淆視聽，其中不乏各大公會的間諜，為的就是要誤導別人，好為自己的公會取得最大的利益。

風雨瀟瀟盯了論壇半天，最後才淡淡地說道：「遊戲公司的企畫很惡劣，看來是設定浮動難度了。」

聽到「浮動難度」四個字，傾城公子頓時會意過來，摸摸下巴，問道：「你打算怎麼辦？」

「你帶精英團一路，我跟滿月另一路。」風雨瀟瀟沉吟道。

傾城公子點點頭，大概能猜到風雨瀟瀟的用意。

有些人號召了將近百人抱團進副本，最後全滅；有些人只找幾名頂尖高手進去，同樣團滅。既然是設定浮動難度，那就表示人數多寡不是致勝關鍵，難怪遊戲公司敢宣稱不限制人數，果然像老大說的，真的很惡劣啊！

於是，遊戲公司的壞心眼企畫，成功地讓滿月成了赤裸裸的悲劇。

果然是，人在江湖飄，始終要挨刀。

九重天的入口很普通，就像兩山夾峙的黑漆漆的山洞口，看起來平凡無奇，但在超過數千名玩家有進無回之後，滿月頓時覺得這個洞口簡直是虎口了，而她就是傻傻地送上門的小白兔。

風雨瀟瀟看了一眼瑟縮著小腦袋瓜兒的滿月，想了想，主動伸出手，大手包小手，緊緊握住了她的手，低聲安慰道：「有我在，不用怕。」

手上突然傳來的溫熱觸感，讓滿月有一瞬間的恍惚，下一刻，心臟開始怦怦怦的不規則亂跳，一時間，有些分不清是因為害怕待會兒在九重天裡會遇到災難，還是因為包覆小手的熱度直直撩撥了心底深處的某根弦，撩得她心頭有些酥癢。

進了副本入口，是一條黑魆魆的通道，伸手不見五指。

看不見盡頭，也聽不見任何聲音，四周甚至瀰漫著冰冷的寒氣。

滿月有些不安，下意識往風雨瀟瀟身邊擠去。

風雨瀟瀟察覺到，乾脆鬆開兩人牽著的手，長臂一伸，直接把她攬到自己身上。

這裡實在不適合風花雪月，可滿月還是臉紅了，幸好黑暗中什麼也看不見。

又走了不到幾分鐘，前方不遠處終於有了亮光，只是滿月沒高興多久，因為盡頭的光亮處竟然是一個封閉的斗室，四面是平滑的石牆，除了來時的長廊道，完全沒有出口。

風雨瀟瀟一邊看著滿月四處拍打牆壁，尋找機關，一邊皺著眉頭思索。還沒等他想出個所以然來，漆黑的入口廊道忽然又走進來了兩個人，而且在對方踏進石室後，入口立即封閉。

這下子，這個石室真可謂殺人滅跡的最佳密室了。

可這還不足以讓滿月和風雨瀟瀟驚訝，當她倆與來人正式照面後，四個人面面相覷。

「顏學長……」滿月錯愕地呢喃。

她怎麼也沒想到會在這裡遇見顏子淵，即使他現在是身著青衣勁服的古裝，還是掩不去他那張讓人側目的俊俏臉孔，所以她一眼就認出對方來了。

風雨瀟瀟和顏子淵幾乎是第一時間就發現對方，兩人腦海裡不約而同浮現兩個念頭：一是，遊戲公司的企畫果然很惡劣；二是，他們遭遇了雙向副本。

一般網遊的副本都是設計定向副本，玩家對抗的是電腦 A.I.，甚少設置雙向副本。

所謂的雙向副本，指的是玩家進入副本後，隨機遇到後來進入的另一方玩家，雙方須對戰，贏的人才能通關，晉階到下一個關卡。

像九重天這樣指標性的大型副本，竟然隱藏了這種讓玩家自相殘殺的關卡，風雨瀟瀟忍不住想起對岸很久以前有一首歌的歌詞是這麼寫的：「沒有槍，沒有砲，敵人給我們造。」

遊戲企畫人員的節操真是讓人著急，這是得要多麼無恥，才能在喧騰多時的重大副本裡設置雙向副本。這是在考驗玩家的能力？還是在挑戰遊戲企畫摸魚划水的下限？

風雨瀟瀟和顏子淵默默看著石室中央的地板上出現類似法陣，顯然是作為擂台區的圓形光域，同時又默默唾棄著遊戲公司「吹彈可破」的節操。

當然，能在進入九重天就馬上遇到風雨瀟瀟，顏子淵還是很高興，至少不用在整個副本裡像無頭蒼蠅一樣亂找。比起九重天，他更在意能不能與風雨瀟瀟再戰。無論這個雙向副本設定的時機和地點有多讓人鄙視，還是為他和風雨瀟瀟提供了得天獨厚的決戰舞台。

風雨瀟瀟在看到顏子淵時，確實是有那麼幾分驚訝，但很快就緩過來了。

先前的籃球比賽結束時，顏子淵確實說過九重天再見。

相較之下，滿月那張了半天還合不上的嘴，卻是足以證明她有多吃驚。

而當她再看到站在顏子淵身邊的人時，那張嘴更是能夠塞下一顆鴕鳥蛋了。

「咦，你不是那個長得很漂亮的可憐孩子嗎？」滿月極為驚訝，原來他是顏學長的朋友啊！

雪落無聲在聽到滿月的話之後，貌賽天仙的臉蛋瞬間青了一大半，衝著滿月吼了一句：

「醜女人！」

風雨瀟瀟：「……」

顏子淵：「……」

滿月：「……」你就不能委婉一點嗎？

東有旭日，西飄雪；南見風雨，北驚雷。身為玩家口中的四大天王之一，風雨瀟瀟自然是識得雪落無聲。兩人沒有正式交過手，但在其他場合有碰過幾次面。風雨瀟瀟帶領的諸神黃昏公會，與雪落無聲的趴在牆頭等紅杏公會，雖說沒有結盟，但也沒有實際利益衝突，不算是敵對公會。

再者，雪落無聲這個人雖是喜怒無常，卻也不會無緣無故去挑釁別人，故而風雨瀟瀟對他沒什麼好惡可言。

他在意的是，滿月竟然認識雪落無聲。

不過，看雪落無聲對滿月那不友善的態度，大概可以猜出這兩人之間可能有什麼過節。雪落無聲則不知道是不是羞憤，不喜歡別人拿他比女人還漂亮的長相做文章，也沒有將遇到滿月和小翠的事告訴顏子淵，所以顏子淵和風雨瀟瀟同樣困惑，但此時不是說這事的時候，只能先按下不提。

在場的人士，只有遊戲資歷淺的滿月沒聽過雙向副本這種東西，風雨瀟瀟簡單向她解釋了一遍，滿月睜大眼睛，有些驚恐地指著自己的鼻子問道：「我、我也要打嗎？」才剛進副本就要被炮灰，她心裡真是五味雜陳啊！

風雨瀟瀟看著對面的兩人，只停頓了幾秒鐘就說道：「不用，我來就好。」

「他們很厲害嗎？」滿月忐忑地又問。

「……嗯。」

風雨瀟瀟曾經聽傾城公子說過，趴在牆頭等紅杏的公會長雖是雪落無聲，但公會裡的許多事務卻是由另一個人負責，底下的人也都知道自家公會裡有這麼一號人物，私下都稱他為影子會長。

名之曰影子，這人卻是一點也不低調。

所謂的不低調，是指在排行榜上的名次。

劍士榜第一名，鼎鼎有名的踏雪無痕，怎麼可能低調得起來？即使他不常露面，多半在幕後理事，但排行榜上的名字可不是掛假的。沒見過踏雪無痕的人，也幾乎都聽過這個名字。很多玩家常說的趴在牆頭等紅杏公會裡的「琴劍雙絕」，指的就是分占樂師榜、劍士榜鰲頭的雪落無聲和踏雪無痕。

事實上，風雨瀟瀟也沒見過踏雪無痕，不過……他看著顏子淵走入石室中央的圓形光域，抽出腰間的佩劍。只見長劍一出鞘，刀刃如峰頂聚積的千年霜雪，精光四射——九華赤霄，不亞於先前他在武術比賽上遇到的韋七笑手中那把七星龍淵，也是踏雪無痕的標誌性武器。

琴劍雙絕嗎……

風雨瀟瀟取下背上的長槍，振了一下手臂，裹著長槍的黑布登時鬆脫，在空中打了個旋兒，曳落在地，露出他的代表性武器，紅纓梨花槍。

「踏雪無痕，久仰。」風雨瀟瀟點頭，淡淡地說道。

顏子淵倒也不驚訝，只是既不承認，也不否認，同樣還了一句：「風雨瀟瀟，久仰。」

滿月看著場中的兩人，歪頭想了一下，然後跑到雪落無聲旁邊，有樣學樣地板起臉來說道：「雪落無聲，久仰。」

雪落無聲輕嗤一聲，「久仰個屁！妳認識我？」

「嗯……」其實她是剛剛才從風雨瀟瀟口中知道這個漂亮的孩子是雪落無聲。嗯了半天，嗯不出朵花來，她乾脆厚著臉皮一屁股坐在雪落無聲身旁，自我介紹道：「你好啊，我是……」

名字還沒蹦出半個字，雪落無聲就俐落地打斷：「醜女人！」

「……」

醜女人含淚看向場上的兩大高手開始交鋒，默默把各種套近乎的話吞了回去。

場下的醜女人憋屈著，場上的風雨瀟瀟也不好過。顏子淵使劍精妙，比韋七笑快上三分，甚至多了幾分飄逸。尤其他的身形移轉極為順暢，宛如行雲流水，來去無跡，難以捉摸，真正無愧踏雪無痕之名。

劍，本就有「百兵之君」的美譽，形體優美，舞動優雅，配上顏子淵輕捷的動作，當真是賞心悅目，然而，其中的凶險卻是與其對敵的風雨瀟瀟才深有體會。

與之前在武術比賽和韋七笑對戰的情形一樣，風雨瀟瀟一開始就被顏子淵的快劍壓制住，身法施展不開，槍術也處處局促。而且，韋七笑的劍雖快，卻不至於快到風雨瀟瀟無力回擊，但顏子淵顯然比韋七笑快了不少，逼得風雨瀟瀟幾乎找不到死角。

很快的，風雨瀟瀟的衣服已經出現多道裂縫，甚至飛濺出幾絲血花。

雪落無聲眼睛一瞇，忽然無聲地笑了起來。

他終於知道風雨瀟瀟和韋七笑對戰時，他為什麼會看得很彆扭了。

那時的風雨瀟瀟根本保留了餘力，才會在最初的時候讓韋七笑占了上風，他是在引誘韋七笑使出渾身解數，壓榨他的體力，所以當時風雨瀟瀟的動作才會看起來很奇怪。可是，表哥不同，表哥一開始就沒打算讓風雨瀟瀟看出他的實力，同樣是先發制人，但表哥就是比韋七笑有本事。

他下意識看向旁邊的醜女人，只見醜女人的臉繃得鼓鼓的，還因為緊張而憋氣，憋得臉頰上的血管都浮出來了。

雪落無聲嚇了一跳，連忙用力一掌拍向滿月的腦袋瓜兒，拍得滿月噴了一口口水，才大口大口呼吸起來。

「醜女人，妳想死啊？想死也不要用這種蠢辦法，果然是醜女多作怪！」

滿月咳了兩聲，覺得自己很冤枉，她不過就是擔心風雨瀟瀟而已，為什麼平白無故被人打了腦子？萬一變笨怎麼辦？

雪落無聲繼續落井下石地笑道：「妳放心好了，風雨瀟瀟輸定了！」

放心你個香蕉芭樂！滿月在心裡腹誹。

就在這時，鏗的一聲，槍劍相交，紅纓穗猛然抖動了幾下，長槍自風雨瀟瀟的手中滑出，掉落於地。顏子淵收回劍勢，並沒有乘勝追擊。

風雨瀟瀟轉了轉微麻的手腕，垂下眼簾，拾起地上的梨花槍。

踏雪無痕……

滿月凝視著風雨瀟瀟沉默的臉龐，有一點點心疼，她覺得自己應該說些什麼話安慰他，幫他打氣，卻一時想不出該說什麼。越是想不出，越是著急，於是，她從地上跳了起來，豁出去般的揮手大叫：「老公加油！」

場中的兩人身形微頓，風雨瀟瀟的表情甚至有那麼一秒鐘的僵滯，顏子淵則是眨了眨眼睛，有些好笑地看著風雨瀟瀟。

雪落無聲更是被狠狠嗆到了，「醜女人，妳又在搞什麼飛機？大白天的，發什麼花痴！」

偏偏滿月還睜著大眼睛，無辜地答道：「加油啊！」

幸好風雨瀟瀟沒有因為滿月這天外飛來的一筆失了水準，戰局再開時，顏子淵發現風雨瀟瀟的動作變了。倒也不是說變厲害了，而是，怎麼說……少了些邏輯與章法。

高手過招，不是等對方出招才想方設法格擋，而是能事先預測對方出招的套路。

顏子淵很熟悉以長槍為武器的戰將其所有招式，風雨瀟瀟同樣也很清楚以長劍為武器的劍士其所有路數，只是和鍵盤式的網遊不同，這種擬真全息網遊，沒有呆板的快捷鍵，也沒有制式的僵直時間，拚的就是真實度，以及人性化的玩法。

風雨瀟瀟捨棄原本的套路，不按牌理出招，一時間讓顏子淵有些摸不著頭緒。

各兵器有其特性，而套路便是根據其特性衍生而成的。捨棄套路，便是捨棄兵器的優勢，顏子淵想不通像風雨瀟瀟這樣的高手，怎麼會做出這種自毀長城的蠢事。即使姑且解釋為是想要出其不意，但這麼做也沒有變得比本來厲害，顏子淵甚至覺得風雨瀟瀟身上的傷痕更多也更重了。

雪落無聲也看得直皺眉。

難道風雨瀟瀟認定贏不了，所以想要以命換命，至少也要換對手半條命？

眼看著顏子淵又是一劍在風雨瀟瀟肩膀上劃開血口，滿月已經呆得連話都不會說了。

她愣了半天，突然拉了拉雪落無聲的袖子，說道：「你跟顏學長是好朋友，你勸他認輸好不好？風雨瀟瀟都受傷這麼重了，讓他們不要再打了。」

雪落無聲氣笑了，這是什麼神邏輯？贏的人要給輸的人讓路？

就在幾人都以為風雨瀟瀟無力反擊的時候，顏子淵凌空的身體陡然劇烈一晃，下盤失衡，緊接著風雨瀟瀟的長槍反轉，朝顏子淵膝下橫劈，顏子淵被迫後退。

也就在那麼電光石火之間，長槍的刀刃已經停在尚未站穩的顏子淵面門前方不到一吋處。

顏子淵緩緩嘆了口氣，平靜地說道：「我認輸。」然後又不甘地補了一句：「好算計！」看看風雨瀟瀟身上大大小小的傷口，又看看幾乎毫髮無傷的自己，顏子淵除了苦笑，還是只能苦笑。

滿月雖然看得一頭霧水，不明白為什麼「劇情急轉直下」，但是聽到顏學長開口認輸，她還是高興得從地上蹦了起來，大聲歡呼：「萬歲！萬歲！老公萬歲！」

雪落無聲滿頭黑線，表哥輸了他很鬱悶，可滿月那明明搞不清楚狀況，卻又嚷得極為歡快的模樣，讓他更是憋屈得幾乎胃出血，好像表哥不是輸給風雨瀟瀟，而是輸給這個頭腦簡單的醜女人一樣。

風雨瀟瀟倒是沒什麼贏了的喜悅，只是淡然說道：「你很厲害。」

厲害有什麼用？輸了就是輸了！

顏子淵微微一笑，收劍還鞘，朝光域外走去。

圓形光域也在顏子淵認輸之後，慢慢變得暗淡，最後消失。

滿月圍著風雨瀟瀟打轉，檢查他身上的大小傷痕，越看越是心驚，越看越是心酸，最後眼裡還隱隱約約泛出淚光。

風雨瀟瀟摸了摸她的頭，笑道：「我沒事，只是皮外傷，實際上沒有那麼嚴重。」

確實如他所說的，只是皮外傷，沒有傷到筋骨。拿這身皮外傷換來一場勝利，他覺得很值得，尤其對戰的人還是踏雪無痕這種頂尖高手。

論速度，他的確能壓韋七笑一頭，卻比不過顏子淵，所以不能和對方比快。既然不能比速度，雙方又知道彼此手上的底牌，那他只剩出奇招這條路了。

奇也，難以預測也。

他刻意打亂出招順序，甚至數次暴露弱點，拿招餵顏子淵，迷惑他的視線。

顏子淵如鬼魅般的迅捷身形，是奠基在能預測對手的招式之上，一旦猜不出對手的下一步，他的行動自然像是流水遇到暗礁，頻頻受阻。而輕功精絕的人，最忌諱的就是速度失衡。

速度失衡最直接導致毀滅性的敗筆就是重心不穩。

風雨瀟瀟賭的就是顏子淵重心不穩的瞬間，只要他露出破綻，就是他反敗為勝的契機。

滿月不懂這些，也不關心內裡的門道，她只要風雨瀟瀟沒事就好。

她從道具包裡翻出各種傷藥，一股腦兒往風雨瀟瀟傷口上抹去，好像塗得越厚，他的傷口就能馬上癒合似的。

風雨瀟瀟低頭凝視著滿月在自己身上搗鼓，眼裡有幾分暖意流過，嘴角不自覺微微揚起。

顏子淵掃了他們一眼，眼中閃過一抹不易察覺的黯然，隨即斂去。

他拍了拍雪落無聲的肩頭，淺笑道：「接下來看你的了。」

「表哥……」

「沒什麼，男子漢大丈夫，這點輸贏我不會放在心上。」

「表哥……」

「不用安慰我了，我沒那麼脆弱。」

「表哥……」

「我本來就沒有絕對的把握能贏他，沒什麼好遺憾的。」

「表哥，其實我是想說，你輸得太難看了。」

「……」他不應該傻得對這個一向以自我為中心的表弟有任何期待才對。

石室中央的圓形光域再度浮現，揭示下半場的戰鬥即將開始。

滿月擔心地望著風雨瀟瀟，嘴唇動了動，猶豫著要不要勸他放棄算了。

留得青山在，總有柴可燒，何必爭一時春秋？

風雨瀟瀟看到滿月欲言又止的模樣，只是微微笑了一下，用指背敲敲她的臉額頭，以示安撫，然後重新拾起長槍，朝場中走去。

「慢著！」雪落無聲叫住風雨瀟瀟，「風雨瀟瀟，你以為憑你現在這樣，打得贏我嗎？」

「……」

「你乾脆認輸吧，省得身上又多幾個窟窿，那個醜女人又該鬼吼鬼叫了。」

風雨瀟瀟瞄了滿月一眼，淡淡地應道：「沒真正打過，鹿死誰手，還未可知，取出你的琴來吧。」他當然知道琴劍雙絕不是浪得虛名，但他也不是吃素的。

雪落無聲甩過頭，鼻子朝天，哼了一聲，搶在風雨瀟瀟之前快步走進擂台區。

滿月思索著，像雪落無聲這麼傲嬌的小樣兒，應該就是俗稱的中二病吧？

「那個……」滿月再次叫住剛抬起腳要往前走的風雨瀟瀟。

風雨瀟瀟像是知道她要說什麼，打斷道：「妳在旁邊看著就好，不用為我擔心。」

他的本意是安慰滿月，誰知聽在雪落無聲耳裡，反而像是在挑釁，於是他又傲嬌地把頭甩向另一邊，哼哼了兩聲。

滿月同情地看著他，長成這樣已經很悲劇了，中二病又嚴重，真是可憐啊！

雪落無聲若是知道滿月的腹誹，肯定又要跳腳了。不過，當他看到風雨瀟瀟站在光域邊緣，遲遲沒有踏進來時，真的跳腳了。好你個風雨瀟瀟，把本少爺耍著玩呢！

「你到底打不打？怕了就快點認輸，少爺我大人有大量，不跟你計較！」

風雨瀟瀟皺眉不前，抬起手在虛空中像在比劃著什麼，最後無奈地看向滿月，說道：「看來，只能由妳上場了。」見滿月一臉茫然，他搖頭解釋道：「我進不去，應該是限定一人只能打一場。」

本以為滿月會驚得大叫，沒想到先跳起來的人是雪落無聲，「搞什麼鬼？要我跟這個單細胞的醜女人打？靠！瞧不起本少爺嗎？」

滿月也覺得一肚子委屈，她不想打啊！

忸忸捏捏地挪進對戰場裡，滿月又眨起了她那雙讓雪落無聲想掐死她的無辜大眼睛，嘟著嘴囁嚅道：「不然，你認輸好了，這樣你就不用打我了……」

雪落無聲沒忍住，一連串的髒話脫口而出：「醜女人，妳的腦袋到底裝了什麼神鬼邏輯？

我他娘的打妳活該，不打妳全家都悲哀！」

頂著沉魚落雁的臉蛋，吐出一堆不雅的恐嚇詞彙，原來效果這麼驚悚。

「這……也不用出動你娘啦，你一個人就夠了……」滿月縮了縮脖子。

風雨瀟瀟：「……」

顏子淵：「……」

雪落無聲氣悶得用手捶了胸口好幾下，好一會兒才緩過氣來。

在他打死這個醜女人之前，他決定不要再跟她說半句話，否則一定會先被氣死。

「滿月！」風雨瀟瀟把滿月叫到身邊，低聲說道：「妳打不過他，認輸吧！」

滿月直直地看進風雨瀟瀟幽黑的眼眸裡，好一會兒才問道：「其實你想贏吧？」

「……我不會任由妳被人欺負。」

風雨瀟瀟這話說得一如往常的平淡，滿月卻覺得自己心裡的某一角好像軟軟地崩塌了，碎得一塌糊塗，更是甜膩得一發不可收拾。

滿月笑彎了眼，臉頰泛起紅暈，像是要掩飾自己的害羞，踮起腳，用力拍了拍風雨瀟瀟的肩膀幾下，「你等一下在旁邊替我加油就好，我一定會贏的！」

聽到「加油」兩個字，風雨瀟瀟腦海中立刻浮現滿月剛才在場邊揮手大喊「老公加油」

的畫面，嘴角不著痕跡地抽動了一下。要他當眾大叫「老婆加油」，他寧願押著滿月直接向雪落無聲低頭。

不過，看著滿月那氣勢洶洶朝場中走去的嬌小背影，他還是默默把話吞了回去。

雪落無聲冷眼看著滿月踏著一地風塵，神氣十足地走來，忍不住在心裡不屑地嗤笑她的虛張聲勢，可是滿月的下一句話，卻讓他差點一頭撞在牆上。

「你認輸吧，我不會武功。」

雪落無聲現在已經不是腦充血三個字可以形容，而根本是腦溢血了。

滿月也知道雪落無聲不可能同意，所以又說道：「好吧，我也不欺負你，你既然不肯認輸，那你就不能使用武器，畢竟我是不會武功的弱女子嘛，這樣才公平。」

雪落無聲再次氣樂了，到底是誰欺負誰來著？

這麼無賴的醜女人，就該被人道毀滅才對！

「我可以不使用武器，也不使用輕功，但妳以為這樣妳就能贏我嗎？」

「沒真正打過，鹿死誰手，還未可知。」滿月板起臉，學著她家老公剛剛才說過的話。

雪落無聲錯了，不止是這個無賴的醜女人，而是這對夫妻都該被人道毀滅，誰叫風雨瀟瀟把這醜女人慣得到處禍害別人！

「好了，現在咱們再來說說規則。」

「什麼規則？」雪落無聲微愣。

「我先跑，你來追我，如果你能捉到我，比賽就算結束。」

「……」他現在就想一掌拍死這個醜女人，妳以為這是在玩捉迷藏嗎？

滿月哪管雪落無聲同不同意，拔腿就往光域的邊緣跑。

雪落無聲只呆了幾秒就回過神，連忙追了上去，也沒發現自己就這麼被滿月牽著鼻子走。

看著場中的兩人一追一逃，從左邊跑到右邊，從右邊跑到左邊，場外的風雨瀟瀟和顏子淵默然對視一眼，又默然別開視線。顏子淵覺得自己的失落感好像沒那麼重了，尤其看到滿月那跑得異常歡快的小身影，他忽然發現，其實有些女人還是遠遠看著就好。

風雨瀟瀟則是眼珠子隨著滿月的小身板轉來轉去，不時掃向她那兩隻奮力邁動的小短腿，心裡只有一個感慨：果真是短小精悍啊！

可惜，再怎麼短小……哦，不對，是再怎麼精悍，滿月一介沒武功的小廢材，還是敵不過四大天王之一的雪落無聲。很快的，雪落無聲就在角落裡揪住了滿月的肩膀。

「比賽結束，認輸吧！」雪落無聲得意洋洋。

「嗯，你認輸吧！」滿月笑著說道。

雪落無聲早就被滿月的神邏輯雷過，此時異常的鎮定，「妳剛才說過的，我捉到妳，比賽就算結束。」

滿月也很認真地點頭，「對啊，你捉到我，所以你輸了，比賽就結束了。」

雪落無聲終於會意過來自己落入滿月的圈套裡，她確實是說捉到她，比賽就結束，但她沒說的是，捉到她，他就輸了。她在跟他玩言語陷阱，而他居然沒發現，可惡，這個單細胞的醜女人竟然敢誆他！

雪落無聲一時火氣上衝，也不管滿月會不會武功，一掌就向她擊了過去。

風雨瀟瀟眼神一凜，忘了自己無法進入光域中，就想飛身過去。誰知他才抬腳，就見雪落無聲軟綿綿地跌坐在地上。

「嘿嘿嘿！」滿月蹲下身，兩隻手撐著下巴，笑咪咪地看著臉色難看的雪落無聲，「看吧，我就說你輸了嘛！」

「醜女人，妳對我做了什麼？」雪落無聲全身發軟，完全使不出力氣來。

「我什麼也沒做啊！」滿月無辜地答道。

雪落無聲冷笑，相信她，不如相信母豬會上樹。

「啊，我想起來了！」滿月拍了一下手，「上一場顏學長和風雨瀟瀟對戰時，我看你火氣那麼大，擔心你氣到中風，剛好我有隨身帶特效藥，就偷偷撒了一點在你身上……」說著，低頭從道具包裡翻著什麼，最後掏出一個白色的小瓷瓶。

「這個叫做……」滿月看著小瓷瓶外小翠貼心黏上的使用說明書，一個字一個字念了出來：「化骨軟綿散……中招者，內力盡失，四肢無力，無法使用任何武功或術法……奇怪，怎麼不是清心散，我明明是想用清心散的……」

雪落無聲就算再傻，也知道眼前這個醜女人打從一開始就在扮豬吃老虎了。什麼單細胞生物？他才是草履蟲，竟然蠢到被人暗算都沒發現，他真想一頭磕死算了！

「妳以為這樣我就會乖乖認輸，那妳就錯了！有種就殺了我，不然等藥效過了，大爺我一定會剝了妳的皮！」雪落無聲怒道。

滿月搖了搖頭，嘆道：「我不殺人的。」說著又開始在道具包裡東翻西找，掏出一瓶又一瓶的藥，「我看看還有什麼……見血封喉，中招者，心臟痲痺，瞬間暴斃……這個太毒了，不行不行……七日斷腸，中招者，腸破肚流，三日內不及時救治，駕鶴西歸，時效三日……為什麼三日有效，卻要叫七日斷腸？小翠是不是寫錯了啊……」

滿月自言自語，雪落無聲卻是胸有成竹。只要滿月不敢痛下殺手，什麼毒藥他都不怕。有本事她就跟他這麼耗著，他只要打定主意不鬆口，她做什麼都沒用。

滿月知道雪落無聲在想什麼，不過她也不急，繼續慢條斯理翻找著，忽然發現什麼似的，奇怪地咦了一聲，「這是什麼？小翠沒說過啊……我愛一條柴？好像在哪裡聽過……陰陽合歡散、飄飄慾仙丸……金槍不倒藥、夜夜七次狼……」

滿月越念越慢，在場的三位男性則是越聽臉色越僵硬。

「……小翠真是偷懶，怎麼就這幾瓶沒寫功效……」滿月彷彿沒有察覺另外三人古怪的表情，抬起頭，兀自笑著問風雨瀟瀟：「你說我試試這些藥好不好用，怎麼樣？」

風雨瀟瀟輕咳兩聲，正要開口，卻捕捉到滿月眼底一閃而逝的促狹精光，頓時恍然，無視雪落無聲那堪比豬肝的臉色，淡淡笑道：「娘子說了算。」

「學妹……」顏子淵尷尬地想為自家表弟求情，「用這種藥也太……」

「咦，學長知道這藥是做什麼用的？」滿月睜著純潔無邪的眼睛說道。

顏子淵立刻閉上嘴巴，視線飄向別處，就是不看滿月，不看那個正被人耍著玩的小表弟。

「醜女人，妳竟敢……竟敢……」雪落無聲咬牙切齒。

「我做了什麼？」滿月眨了幾下眼睛。

雪落無聲深深吸了幾口氣，又深深吐了幾口氣，好不容易才壓下怒火，聲音緊繃，勉強從口口擠出三個字：「我認輸。」

「我沒逼你喔！」

「……我是自願的。」

「真的嗎？不要勉強唷！」

「沒有，一、點、都、不、勉、強！」

「哎呀，你真是大好人！」

「……解藥。」

「啊？」

「化骨軟綿散的解藥！」

「呃……我沒有。」

「醜、女、人！」雪落無聲眼睛冒出兩簇火焰。

「啊啊啊啊——」滿月連忙跑到風雨瀟瀟旁邊，躲在他身後，探出一顆小腦袋瓜兒，「其實我剛才看錯了，我撒在你身上的那個東西叫做鬆筋軟骨散，效力只有十分鐘。小翠說化骨軟綿散缺貨，叫我先拿鬆筋軟骨散將就著用。」

滿月才剛說完，雪落無聲就覺得身體忽然來了力氣，他立刻從地上跳了起來，目露凶光地瞪著滿月，陰冷地罵道：「死女人！」

好嘛，她升級了，從醜女人晉升為死女人！

滿月的小身板抖了兩下，連忙縮到風雨瀟瀟背後。

顏子淵拉住雪落無聲，忍著笑意勸道：「好了好了，輸給一個不會武功的小女生沒什麼好丟臉的，一點都不難看。」

「……」表哥，你這是在報復我剛才說你輸得難看吧？

滿月完全沒顧忌雪落無聲的心情，仰著小臉，對風雨瀟瀟甜甜地笑道：「我贏了。」

風雨瀟瀟也回了滿月一個微笑，伸手揉了揉她的頭髮，寵溺地說道：「是啊，妳贏了。」

滿月的笑容深深地笑進了他心裡，笑得他的心變得極為柔軟。

兩場 PK 結束，落敗的顏子淵和雪落無聲被傳送出九重天，風雨瀟瀟則和滿月相偕往石室另一端開啟的出口走去。

【系統隱藏提示：〈千重幻境〉開啟】

【系統隱藏提示：玩家〈滿月〉持限定任務道具「虎符」，觸發後續任務〈情義難兩全〉】

【系統隱藏提示：玩家〈滿月〉和玩家〈風雨瀟瀟〉即將被傳送至千重幻境】

系統提示結束，滿月只覺得眼前一黑，再睜開眼時，已經身處在一處既熟悉又陌生的地方，而風雨瀟瀟不見蹤影。

第四章

夫妻任務再啟，脈脈此情誰寄

天邊星辰寥落，月光稀微，大地籠罩在濃濃的夜色之中。

她孤零零站在河邊，拎著裝滿洗完衣服的木桶，有些茫然地望著四周。

不知道呆呆駐立了多久，忽然有個黑衣男子從她手中抓過木桶，朝另一個方向走去。

她愣了一下，連忙默默跟上，只是心臟開始不受控制地急遽跳動，有種沉沉的莫名心慌。

兩人一前一後走進一座三合院，來到曬衣服的地方。黑衣男子放下木桶，一言不發朝不遠處的廂房走去。滿月看著他的背影，聲音微澀地叫住他：「等一下。」

黑衣男子停下腳步，沒轉身，也沒應聲。

滿月硬生生吞下哽咽，身子晃了兩晃，顫巍巍地問道：「你……叫什麼名字？」

「……蕭颯。」說罷，大步流星離去，消失在夜色之中。

而她，在寒風中獨自站了許久許久……

在月老祠做夫妻任務時，那個鎮國大將軍的女兒杜彌月是她，卻不是「全部的她」。

當時她做的每一個選擇和決定，都是不得已而為之，只是事後再回想起來，她又覺得應該有其他路可以走，但具體推敲起來，當下好像只能那麼做。

可是，現在……

滿月苦笑，就像風雨瀟瀟說的，遊戲的企畫真的很惡劣啊！

想到風雨瀟瀟，她的心中一動。她再次成為鎮國將軍府的大小姐，擁有著「滿月」的記憶，而眼前的這個「蕭颯」，明顯沒有「風雨瀟瀟」的記憶，還是當時的那個蕭颯。

風雨瀟瀟是他，但他不是風雨瀟瀟。

她走到窗邊，推開窗戶，又是一個幽靜的不眠夜。

不遠處，依然有一個高大的人影抱著長槍，倚坐在院門旁的大樹下閉目養神，守候院子裡的兩個女人和一個小孩。

夫妻任務裡的景象歷歷在目，她知道後續發展，卻不知道是不是該按當時的劇本走下去，何況人的感情又豈是既定的劇本可以左右的？

這一次，她不想兩人又走到無可挽回的地步。

她該怎麼做？

若是風雨瀟瀟在，她不須煩惱這些事，如今……

握緊手中的青銅兵符，她的手微顫。只要交出虎符，她就可以從此隱姓埋名，蕭颯也能完成任務。有蕭颯的庇護，也許兩人還能夠遠走天涯，雙宿雙飛，可是虎符一旦落入丞相手裡，天下免不了又是一場生靈塗炭。

情與義，如何兩全？

她嘆了一口氣，關上窗戶，轉身朝簡陋的木床走去，卻不知在她轉身的剎那，蕭颯睜開了眼，漆黑如夜空的眸子幽幽地看著她，直到窗戶關上，久久也沒有移開視線。

第二天，滿月從小翠給她的一堆毒藥裡找出一種名為「百日紅」的毒藥，下在翡翠的茶裡。中招者，每隔三十天須服一次解藥，否則百日之後，將會肚破腸爛而亡。有了「前車之鑑」，她得先掌握翡翠這個變數。

翡翠外出打聽杜樂生杜將軍的消息時，滿月就待在院子裡照顧年幼的弟弟，同時搜索枯腸，想著下一步該怎麼走。

她有點想念風雨瀟瀟了，如果他在，肯定知道該怎麼解套。

這麼想著，視線忍不住又移向了一如往常坐在院子裡的蕭颯。

從那天他說出自己的名字之後，兩人就沒再說過半句話，只是她看著他發呆的次數變多了。

如今身在局中，她反而不敢去細想結局了。這劇本讀得太認真時，她會恐慌。她有想過就放任自己隨著劇本走到完結，反正只是再「重播」一次而已，可是一想到他浴血歸來，想到他說「月兒，等我」的時候，她就很難袖手旁觀，很難冷靜下來。

她沒談過戀愛，可是姊姊曾經告訴過她，如果有一天她對一個男孩子牽腸掛肚起來，那就是喜歡了。當然，她直接忽略了有強烈保護欲的姊姊的警告：「若是真的出現那個人，姊姊不保證不會打斷他的狗腿！」

她相信風雨瀟瀟的武力值，應該可以扛得住姊姊的九陰白骨爪。

接下來幾天，她發現翡翠每天回來的時間越來越晚，甚至有時還偷偷外出。不只是她注意到了，蕭颯也發現了，可是他不確定滿月知不知道，遲疑著要不要提醒她。

從他遵照義父的命令殺了第一個人開始，他就逼自己冷心冷情。只要無牽無掛，便能來去自如。二十多年來，他始終完美執行每一個狙殺的指令，他以為這次的對象，鎮國大將軍的兒女，也會是一碟彈指拈來的小菜。

為了取得虎符，他暫時貼身保護擊殺對象，可是看著這個女人從高高在上的天之嬌女，一夕之間淪落到狼狽逃亡，成為各方勢力通緝的目標而窮途末路，卻依然臉龐堅毅時，他素來冷硬的心，出現了一絲裂縫。

打從他註定成為見不得光的殺手之後，就未曾想過有成家的一天，然而，他卻無端冒出一個念頭：就這麼護著她一直走下去，好像也沒什麼不好。

被自己的想法嚇了一跳，蕭颯立刻鎮定心神，不再胡思亂想。

只是，就像滿月看著他發呆的次數變多一樣，在她看不見的地方，他也會不經意搜尋起她的身影。

這天，他又收到義父催促奪回虎符、殺了杜氏姊弟的指令。

他瞄了一眼，隨手一捏，紙條瞬間在他手中化為碎片。

信使一愣，拱手低頭說道：「公子，丞相有令，十天內取回虎符。」

「我沒看過你，也沒收到信，虎符我會奪回，至於你……不必回去覆命了。」蕭颯說道。

信使微愣，來不及問話，眼前手刀一閃，頃刻間就趴倒地上，再無聲息。

當天晚上，滿月到河邊洗完衣服後，他像平常一樣接過木桶，接著在她耳邊低聲說了一句：「小心翡翠。」

滿月呆了一下，下意識叫住他：「蕭颯！」

蕭颯停下腳步，沒有回頭。

滿月忽然心靈福至地問了一句：「你……可有妻室？」

蕭颯眉心跳了一下，良久才答道：「沒有。」

滿月捂嘴笑，又說道：「我也尚未許人。」

蕭颯沒應聲，他不知道滿月的用意，又或者說，他不想去深思。

滿月也沒揪著這個話題不放，笑著說道：「明天我想上街逛逛，來這裡那麼久，我都還沒出過門呢！你陪我，好嗎？」

「……嗯」。

看著蕭颯往前走的背影，滿月慢慢收起笑意，跟在後頭默然不語。

臨睡前，滿月把翡翠叫來。半個時辰後，翡翠臉色微白地走了出去。

滿月若無其事上床，一覺到天亮。

她梳洗完畢，換上一身鵝黃色的襦裙，翡翠幫她梳了個簡單的髮髻，插上一支碧玉簪，她就坐在正堂上等。等了許久，蕭颯才出現。

滿月笑道：「我以為你不來了。」

蕭颯沒說話，本來他確實是想反悔。既然義父會派人來催他，就表示京城可能有變動，而且，他發現附近開始有人在窺探。雖然沒看到人，但他能察覺到躲在暗處的氣息。這時候外出，甚是凶險。

不過，當他看到滿月那溫軟的笑容時，他就妥協了。

交代翡翠看好小公子，兩人就出門了。

他們住的三合院，離城鎮不遠，走了不到兩刻鐘，很快便到市集了。

今天不知道是什麼日子，人流頗多，蕭颯小心護著滿月，避免她被別人撞到。

滿月饒有興致地這攤看看，那攤瞅瞅，看到新鮮的東西，就湊近跟小販攀談幾句。

蕭颯由始至終都很有耐心，一言不發跟在旁邊，不過滿月能感受到他警戒四周的緊繃情緒。

滿月凝視著他的臉龐，心情忽然低落下來，她很想念風雨瀟瀟。風雨瀟瀟看著她時，眼中總是有幾分不著痕跡的寵溺，可是蕭颯看著她時，卻有種彼此心知肚明的戒備。

即使那樣的戒備，這幾天有軟化的跡象。

逛了不到半天，她有些意興闌珊了。

蕭颯若有所覺，問道：「要回去嗎？」

「好。」滿月說完，突然伸手挽住他的手臂。

蕭颯一愣，似是不習慣這種突如其來的親密，直覺想揮開，卻不知道想到什麼，又硬生生忍了下來。

滿月拉著蕭颯的手臂，一路往鎮外走去。出了小鎮，又走了一會兒，終於看不到行人。

「蕭颯。」

「嗯？」

「蕭颯。」

「嗯？」

「蕭颯。」

「……」

「蕭颯，我的名字叫做杜彌月，小名滿月。」

「……嗯。」

「你喚我小名吧，我姊……我娘都是這樣叫我的。」

「嗯。」

「蕭颯。」

「嗯？」

「蕭颯，翡翠帶著我弟弟走了。」

蕭颯的腳下一頓，低頭看向身邊的人，表情莫辨。

「我對翡翠下了藥，她不會背叛我。」

滿月想了很多天，完全沒想到跳脫困境的方法，因此，她乾脆直接挑明。

她在賭，賭他對「杜彌月」的情意，賭他能不能為了兩人之間說不清道不明的情意，捨棄他原本的信念。

既然她無法奉上虎符，便把難題丟給他。

蕭颯的眼神陡然變冷，渾身猛然迸發凜冽的殺氣。

她知道了，她知道他接近她的目的了！

多年養成的習慣，讓他直覺反應就是殺了她。

他的手剛抬起，卻見滿月忽然欺近他，他正想反手推開對方的身體，就被滿月用力撞了一下。下一秒，一枝破空而來的冷箭，筆直地釘入她的腹部。

蕭颯回過神來，迅速朝弩箭射來的方向投去一枚飛鏢。

距離不到幾尺的一棵樹上，傳來低低的悶哼聲，暗殺的人頓時栽倒在地。

蕭颯沒有上前查看對方死透了沒，而是攔腰抱起滿月，往鎮上的醫館飛奔而去。

痛！

好痛！

滿月捂著腹部，痛得手腳微微痙攣。

在她昏過去之前，她的腦海裡只有兩個念頭：一是，劇本上沒這段啊！二是，她以後再也不要玩這種近乎真實的全息網遊了，痛死姊了！

哦，對了，她還要詛咒那該死的遊戲企畫天天來大姨媽！

滿月不知道自己昏迷了多久，只是當她從黑暗中醒來，聽到醫館大夫說的話後，她立刻後悔了，她不應該詛咒遊戲的企畫天天來大姨媽，她應該詛咒企畫全家天天都來大姨媽。

大夫說，她的箭傷過重，雖然好好調養可以恢復，卻會落下病根，此後再難生育。

對於古代的女子而言，不能生育無疑是比被判了死刑還嚴重，即使她的理智一直告訴她這只是遊戲，不是真的，身體的痛楚還是讓她無法保持理性，尤其在看到蕭颯那張陰沉得像要殺人的臉色時，她很難再說服自己這只是遊戲。

蕭颯拿著大夫拔出的弩箭，目光冰冷地盯著箭尾上一個黑色的骷髏標誌，這是義父給他的警告。他殺了信使，義父就還他一箭。

這一天，蕭颯一直守在滿月的病榻旁，看著她沉沉入睡，看著她在睡夢中皺眉，看著她蒼白的面容……手指摩挲著染血的箭頭，他的眼神越發深沉冷洌。

在醫館待了三天，蕭颯就抱著滿月回到他們落腳的院子。

其實滿月的傷口已經癒合得差不多了，不過蕭颯還是不放心，親自抱著她上下。

蕭颯把滿月送回她的房間，把她放在床上，正要出去，滿月叫住他：「蕭颯，你不說些什麼嗎？」這幾天，她一直覺得蕭颯有心事，偶爾抬起頭，就會對上他若有所思的眼眸。

許久，蕭颯才轉身，平靜地說道：「翡翠和小公子落到丞相手上了。」

見滿月不語，蕭颯又道：「小公子身上的虎符是假的。」言下之意，在沒有拿到真正的虎符前，丞相不會殺他，但也只是暫時而已。

「……我不會把虎符交給你們的。」

「我知道。」

「蕭颯。」

「嗯？」

「我的傷……」

「是丞相的手下幹的。」蕭颯坦承不諱，也不怕滿月厭棄他。

「我能拜託你一件事嗎？」

「嗯。」

「救回我弟弟。」滿月知道自己是在拿為他擋下那一箭的情分做交易，而這麼做，只會讓兩人越走越遠，可是她回不了頭了。

蕭颯沉默了良久，最後只回覆了一個字：「好。」

在他離開她的房間前，滿月忽然又說了一句：「蕭颯，這件事過後，你娶我吧。」

「……好。」

第二天，蕭颯不知去向，兩個黑衣人代替他守著院子。那兩個黑衣人只說，在少主回來前，他們會代替少主保護她。

那一天開始，天空飄起了瑞雪，滿月每天站在窗邊，望著院門發呆。

不管她問什麼，兩個黑衣人始終緊閉嘴巴，一聲不吭。

白雪紛飛，整整五天，直到第六天早上，她才看到一條熟悉的黑影從大雪中走來。

滿月跑出房間，剛到堂中，蕭颯已經踏著風雪進門。滿月看到只有他一人，心中微沉。

蕭颯像是知道她在想什麼，脫下身上的斗篷，滿月這才發現他背上綁著一個小小的人兒。

她眼睛一亮，等他拆下綁著兩人的布條，果然看到閉著眼睛，似在酣睡中的小男孩。

滿月接過孩子，探了探他的氣息，又摸了摸他的小臉，確認他沒事後，把他抱進房裡，才又轉身出來。

「翡翠死了。」蕭颯的口氣，就像在寒暄似的，不像在說一個死人。

「嗯。」她沒想過要翡翠死，不過也沒指望翡翠落入丞相的手中還能活著，丞相肯定已經知道翡翠是皇帝安排的細作。

「等一下我讓人護送妳和小公子去鎮國將軍在西北的府邸，妳記得藏好虎符。」

「為什麼這麼急？」

「有人追來了。」

「丞相派來的人？」

「……」

滿月一愣，問道：「那你呢？」

「我會擋著，為你們爭取一點時間。」

滿月臉色微變，堅定地道：「不行，要走一起走。」

「你們留著，只會拖累我。」

滿月垂下眼簾，好一會兒才凝視著蕭颯，以質問的語氣宣告道：「你答應了要娶我！」

「……」

「你答應我，一定要來找我。」

「……好。」

一個時辰後，一輛輕簡的馬車停在院門口，滿月抱著還在睡夢中的小男孩上了馬車。

保護她的，仍然是兩個守了她幾天的黑衣人。

滿月掀開車簾，宛如許諾般的對蕭颯說道：「我等你。」

蕭颯沒應聲，只是深深地看了她一眼，對兩個黑衣人點了點頭。

黑衣人一甩鞭子，馬車迅速駛了出去。

望妳此去平安，滿月！

蕭颯望著遠去的馬車，在心裡說道。

馬車走了大半天，滿月卻是越想越心慌，甚至回想起了先前夫妻任務裡的種種，以及在最後的最後，蕭颯獨自對抗數十名黑衣人……

滿月的心臟猛地揪了一下，微微痛了起來，她掀開簾子，大叫道：「停下！」

駕車的黑衣人沒理會，只管策馬奔馳。

「停下來，快點停下來，不然我跳車了！」滿月威脅地大喊，驚動了一旁的小男孩，小男孩迷迷糊糊醒來，見是姊姊在叫嚷，又翻了個身，兀自睡去。

其中一名黑衣人回頭道：「少主有令，無論發生什麼事，馬車絕對不能停。路面顛簸，請杜小姐乖乖坐好，免得傷了您的千金之軀。」

「我說了，不停下來我就跳車，到時候我看你們怎麼跟蕭颯交代？」

兩名黑衣人對看一眼，無奈停下馬車。

「我不為難你們，你們一個人送我回去找他，一個人繼續走，把我弟弟送到將軍府。」

「杜小姐，您這是在為難我們。少主吩咐過，不能讓您回去。」

「不讓我回去，我現在就死在你們面前。」

兩名黑衣人面面相覷，過了半天，其中一名黑衣人才艱難地開口：「只怕您現在回去……也來不及了。」他倆都知道，單憑少主一人之力，絕對敵不過他親手訓練出來的數十名刺客，恐怕少主現在已是凶多吉少。

「就算來不及，我也要回去！」

說服無果，其中一名黑衣人只好到附近找了一匹黑馬來，和同伴耳語了幾句，然後對滿月說了：「得罪了，杜小姐。」接著托著她的腰，微微使勁，送她上馬。緊接著自己也翻身上去，坐在滿月後面，腿夾馬腹，韁繩一勒，喊了聲：「駕！」

黑馬如離弦的箭般衝了出去，滿月腦子裡只有一個想法：蕭颯，等我，一定要等我！

彷彿心有靈犀似的，此刻，拖著廢了一條腿的半殘身體緩緩往河邊行去的蕭颯，忽然停了下來，朝西北方望去。

不停滲出的鮮血模糊了他的視線，他只能約略辨認四周景物的輪廓。

他好像聽到滿月在呼喚他，待側耳仔細聆聽，卻只聽得到寒風伴著小雪咻咻窸窣的聲音。

微微苦笑，他再度拖著腳步，一步一步摸索著朝院子不遠處的河邊走去。

走不到西北，他便想著去幾個月來每天晚上陪著滿月洗衣服的地方。

他突然很懷念她那笨拙地搓揉衣服的身影，不知為何，那些日子讓他覺得心裡很寧靜、很安詳，腦海裡甚至曾經浮現過「歲月靜好」四個字，可惜，以後再也看不到了……

眼前一黑，他跪了下來。

眼睛還是廢了。

他真喜歡她喚他名字時的聲音，軟軟糯糯，像能滴得出水似的，輕輕淺淺劃過他的心尖。

『蕭颯，這件事過後，你娶我吧。』

好。

天地為證，日月為鑑，滿月是我蕭颯此生唯一的妻……

他一直在尋覓，尋覓兩人共有的結局，奈何淚已乾，心已殘，相見時難別亦難。

這樣也好。

這樣也好。

又是一陣涼風襲來，雪花紛紛揚揚灑落，一片一片，一片一片，覆在他的臉上、身上、手腳上，覆在他已然閉起的眼睛上。

『你答應我，一定要來找我。』

『好。』

……

……

白雪漫天，下了許久許久，就在這時，一個小小的身影循著地上幾乎被雪花覆蓋的迤邐血跡而來。當來人跌跌撞撞來到蕭颯只差眉眼便被大雪淹沒的身體前時，她茫然地蹲跪下來，撥開他臉上的殘雪，小心翼翼將他攬在懷裡。

他渾身冰冷，冷進了她的眼裡、心裡。

她一直在尋覓，尋覓能容納她與他的結局，奈何臨到頭來，仍是只能用陰陽相隔，譜寫兩世的絕唱。

回首來時路，眉間心上，脈脈此情誰寄？

滿月抱著蕭颯，一動也不動。

銀雪霏霏，卻怎麼也訴不盡離人身上的悽惶。

【系統隱藏提示：〈千重幻境〉關閉】

【系統隱藏提示：玩家〈滿月〉和玩家〈風雨瀟瀟〉即將被傳送回九重天】

就在系統提示結束的瞬間，周遭雪舞蒼茫的景色瞬間扭曲變化，滿月再度回到了九重天副本裡。

雪花不再，離人也不復見，滿月卻還是呆呆坐著，彷彿沒有發現。

四周很安靜，安靜得能夠聽見有一串刻意放輕的腳步聲由遠及近，在滿月身後站定。

看著滿月失神的模樣，風雨瀟瀟在心裡嘆了一口氣，走到她身邊，想說些什麼，卻在張口的瞬間看到她軟嫩的臉頰上掛了兩行清淚。他微愣，又是一嘆。

風雨瀟瀟來到她面前，蹲下身，用拇指抹去她臉上的淚痕，把她擁進懷裡，輕輕拍著她的背安撫著，低聲道：「好了，沒事了，都結束了。」

滿月在他懷中抽泣了兩聲，哽咽地悶頭說道：「這遊戲太討厭了，我以後再也不玩了！」

「好好好，我們以後不玩了。」風雨瀟瀟勸哄著。

「遊戲的企畫也討厭，我要回去紮小人，每大釘他們！」

「好好好，回去我就讓人做一個給妳。」

「我要自己做！」

「好好好，妳自己做。」

「你也很討厭，隨便就丟下我自己死掉！」

風雨瀟瀟挑眉，這是開始在耍無賴了？

「你很討厭！」滿月又撂了一句。

「好好好，我很討厭。」

對於賴皮的女人，如果你不能比她更無賴，那最好順著她的話小意迎合，反正男人嘛，不差那一丁點臉皮。

然而，風雨瀟瀟顯然不太理解女人，你給她一點陽光，她就敢給你搖曳燦爛。

「誰說的！」滿月惡狠狠地怒道：「誰說你討厭的？」

「……」不就是妳說的嗎？

風雨瀟瀟終於深刻地體悟到，跟女人講道理，不如對著牛講地理。

總而言之，風雨瀟瀟和滿月的九重天之行，就在滿月莫名其妙的亂槍掃射之下結束了。

雖然風雨瀟瀟很想繼續進行下一個關卡，但他和滿月還是被強行傳送出了九重天。

不過，滿月也在出了九重天之後發現，她道具包裡的虎符不見了，卻是多了一張不知名的地圖。她以為是藏寶圖，興奮地翻看了半天，卻又覺得不像，索性給了風雨瀟瀟。

風雨瀟瀟只看了幾眼，就看出端倪來，他摸摸滿月的頭，笑著道：「看來我們這趟沒白走，拿到好東西了。這可是九重天第一層到第三層的基本怪物分布圖，下次再進去，就不會像瞎子摸象了。」

滿月現在可是對九重天完全沒好感，立刻惡聲惡氣地說：「誰說要去九重天了？我以後再也不去了！」

「好好好，不去不去，咱們的滿月以後都不去了。」風雨瀟瀟像哄小孩子般耐心好言好語，並暗暗提醒自己，回去後要警告眾人，不可在滿月面前再提起九重天三個字。

滿月的心裡確實是留下了裂痕，接連好幾天都悶悶不樂的。

小翠很擔心，追問著她在九重天裡發生了什麼事。

滿月情緒低落地簡述了一遍，小翠聽了半天，還是丈二金剛摸不著頭腦，「姑爺沒死啊，小姐幹麼整天頂著一副寡婦臉？」

「……」這是重點嗎？她早該知道，風花雪月什麼的，跟小翠那火星人的思考邏輯是沾不上半毛關係的。

滿月轉頭，繼續低落她的去，倒是粗神經的小翠，做了一個可能是她這輩子對滿月所做的最正確的決定。

小翠登出遊戲，打了個電話給頂頭上司——滿月的姊姊杜清月，東拼西湊地報備了滿月那茶飯不思的狀況。對好吃的滿月來說，不吃東西是很嚴重的。

杜清月在電話另一頭聽得一頭霧水，但她的組織力和邏輯力極強，很快抓住了重點，就是自己的寶貝妹妹，被來歷不明的男人誘拐了。

小翠只負責報備，不負責解釋，所以也不管BOSS在彼端進行各種凶殘的腦補，就心安理得地掛斷電話，再次痛快徜徉她的遊戲去了。

第五章

妹夫宣示主權，大姨子無奈吃癟

滿月完全不知道小翠在她背後幹的「好事」，她只知道，週末早上，她還賴在床上，就迷迷糊糊接到姊姊的電話。電話裡，聽到姊姊如連珠炮般說了一長串的話，還在神遊的滿月，也不管姊姊說了什麼，只嗯嗯啊啊地敷衍，直到姊姊吼了一句：「杜滿月！」滿月才打了個激靈，瞬間清醒。

當姊姊連姓帶小名喊她時，就表示距離她被姊姊武力鎮壓的時刻不遠了。

她連忙跳了起來，跪坐在床上，恭敬地捧著手機，戰戰兢兢聆聽姊姊大人的示下。

滿月比姊姊杜清月小了九歲，對滿月而言，姊姊更像是母親般的存在，尤其小時候家境貧寒，杜父、杜母從早到晚忙著工作，她幾乎是姊姊帶大的，所以她對姊姊的敬畏，遠勝於父母。再加上她離家北上念書，入學、租屋等等一切事宜，也都是姊姊在一旁幫著打點，甚至如今在外的學費、生活開銷等等，也要仰賴姊姊，因此，姊姊所說的每一句話，就是不可違拗的懿旨。

杜父和杜母只生了兩個女兒，大女兒杜清月一向獨立自主，事業心極強，雖然已經二十九歲，卻仍是單身貴族，而且還是一家小型財經雜誌社的總經理兼發行人。反之，小女兒杜彌月才剛滿二十歲，也許是從小姊姊管教、保護得太過，無論是外表或是內在，經常純得像是只有十來歲。

也是滿月吃虧，不管拚命喝多少牛奶，依然是號稱一百五的矮不龍咚小蘿莉一枚，以致於她看起來不像大學生，還常被誤認為是國中生。

老天爺是很公平的，杜家的這對姊妹花，姊姊杜清月有多麼精明幹練，妹妹杜彌月就有多麼天真無邪。

不過，這個天真無邪的小滿月，現在卻快被半路殺出的臭男人拐跑了，還是被自己推薦妹妹玩的網遊裡的男人誘拐，強勢慣了的杜清月，怎麼能嚥下這口氣？

當初，杜清月擔心滿月剛來台北讀書，被台北的燈紅酒綠給汙染，便一直拘著她，平時放假也不讓她出門，可是後來發現滿月都快被她拘成自閉了，便又想方設法讓她有跟人群接觸的機會。

後來，在下屬的建議之下，她就慫恿滿月去玩網路遊戲。

杜清月對網遊一竅不通，但她的下屬口沫橫飛地說明了網遊的種種好處，比如可以讓孩子不出門就能與來自各地的人互動，訓練人際交遊能力，又能開闊視野，增長見識。

她被說動了，但是為了防止滿月沉迷，就剔除了遊戲週刊前十名的熱門遊戲，而選了始終在二三流徘徊的全息網遊《天之泣 online》。滿月只看了遊戲公司的官網介紹，就決定要玩了，但跟姊姊要她玩的目的不同，她看中的是能一邊玩一邊賺錢。

滿月覺得自己不小了，想打工姊姊不准，那麼就玩遊戲賺錢吧。

只是，她沒想到，玩著玩著，就玩出了一個老公來。

杜清月也沒想到，滿月玩著玩著，竟玩出了一個野男人來，她太大意了。

「杜滿月，妳的膽子肥了，居然敢在外面隨便勾搭不三不四的人！」杜清月磨牙道。

滿月一頭霧水，剛才沒睡醒，姊姊說的話，有頭沒尾地聽著，也沒真正聽進去幾個字，這會兒姊姊開始算帳，滿月不由得繃緊了神經，忙澄清道：「姊姊誤會了，我每天下課就準時回家，沒有勾搭不三不四的人。」

「還敢狡辯？小妮子已經告訴我了，她說妳最近晚餐都只吃一碗飯，這不是為了不三不四的人茶不思飯不想，是什麼？妳每餐至少要吃三碗飯的，現在為了一個來歷不明的人就這樣虐待自己，姊姊是這樣教妳的嗎？啊——」

「……」姊姊，每個女生一餐都是只吃一碗飯的！而且，我沒有只吃一碗飯，我還吃了兩碗麵啊！

為了吃食跟姊姊力爭，會顯得她好像是個吃貨，於是，滿月決定閉上嘴巴。

「小妮子也真是的，我派她去看著妳，結果她就是這麼給我『看』的，真是氣死我了！」杜清月話鋒一轉，又開始數落起滿月，「妳啊妳，我說妳至於嗎？男人到處都有，誰讓妳在一棵樹上吊死的？姊姊是這樣教妳的嗎？」

「……姊，我可以先問個問題嗎？」滿月怯怯地打斷姊姊大人喋喋不休的「教誨」。

「問吧。」

「小翠……呃，不對，是小妮子，小妮子是怎麼跟妳說的？」

「還能怎麼說？」杜清月鄙夷地答道：「她說妳快去做寡婦了！連新娘都沒做過，就要做寡婦，杜滿月，妳可真行啊！」

「……」方小翠，妳不是應該早就被老天爺收去了嗎？怎麼還在這裡禍害善良的老百姓啊？

「滿月，聽姊姊的勸，妳在網路上哪能認識什麼優質好男人？我們公司業務部的小紀不錯，今年才二十五歲，年輕有為又上進，沒有不良嗜好，人也長得帥氣，我們公司暗戀他的小女生不少。本來我覺得妳年紀還小，想緩一緩再說，沒想到一轉眼，妳也到了開始思春的時候，我看，姊姊就做個中間人，介紹妳和小紀認識……」

「啊？誰說我思春了？」

「小妮子呀！她說妳不是對著青椒牛肉唉聲嘆氣，就是對著蒜泥白肉緊皺眉頭，肯定是在發情了！」杜清月語重心長道：「滿月啊，牛肉和豬肉是拿來吃的，不是拿來看的，妳看妳，遇到一個不怎麼樣的男人，就傻得不會吃飯了，活像這輩子沒見過男人似的，真是丟盡妳老姊的臉啊！」

「……」方、小、翠，妳給本小姐等著，我馬上就去找個道行高深的法師收了妳！

本小姐不過是嫌青椒牛肉炒得太鹹、蒜泥白肉炒得太老，跟發情有個幾毛錢的關係啊？

「好了，就這麼說定了，趁著妳今天放假，待會兒妳來我公司一趟，我公司對面正好有個氣氛不錯的歐式餐廳，二九九元吃到飽，妳要吃十碗飯也沒問題。還有，妳也不用刻意打扮了，就穿前不久姊姊幫妳買的那件小洋裝好了，小紀不是那種只看外表的人，妳不用擔心。」杜清月說風就是雨，立刻拍板定案。

滿月目瞪口呆，我的人權呢？這是個民主法治的社會，妳好歹問一下我的意願啊！

「姊……」滿月囁嚅著。

「妳可別告訴我，妳為了那個野男人想當寡婦。」知妹莫若姊，杜清月一口堵了回去。

「姊……」滿月無奈，「他才不是野男人。」

「好啊，我果然沒猜錯，等一下妳是不是要告訴我，妳準備跟那個男人跑了？」

「那倒沒有，我們又沒結婚。」

「杜滿月，妳能不能有點出息？」杜清月恨鐵不成鋼地低吼。

「呃……」我哪裡沒出息了？

「還差一個小時就十二點了，限妳十二點整在我公司樓下大廳等我，如果妳敢玩失蹤，我就打斷妳的小短腿！」杜清月嚴厲地警告道。

「姊……」

「禁止上訴。」

「姊，我想……」

「什麼都不用想，乖乖來報到。」

「可是……」

「只有是，沒有可是。」

「我……」

「杜、滿、月！」杜清月咬牙。

滿月縮了一下脖子，擔心姊姊神經斷裂，連忙快速說道：「姊，我是想說，妳上次送的那件小洋裝領口太低，大雅說要胸部大的人穿才撐得起來，我還是穿妳上上次送的那套褲裝好了，大雅說那套比較適合我，還有……」

滿月的話未說完，只聽手機彼端傳來啪的一聲，接著就是「嘟嘟嘟」的機械音。

……還有，我換完衣服，搭公車過去得轉車，十二點不一定趕得上，今天週末，會塞車啊！

她默默在心裡補完剩下的話，又嘆了口氣，姊姊最近是不是缺鈣，怎麼這麼容易生氣？

滿月呆坐了一會兒，想了想，拿起手機撥給風雨瀟瀟。

對方久久沒接，她只好起身去盥洗、換衣服，拎著小提包，出門搭公車去了。

杜清月的公司「先鋒雜誌社」位於市中心邊緣，也算精華區，交通甚是方便。

先鋒雜誌社主要發行財經類雜誌，偶爾出版財經專刊，其中最暢銷的是《先鋒財經》週刊。《先鋒財經》內容包括國際產經趨勢、時事評論、商業名家專欄，同時還鉅細靡遺收錄了台灣各個產業的脈動、企業及企業家動向等等。

不過，《先鋒財經》最為人津津樂道的是敢言不諱的犀利作風。

眾人都知道，《先鋒財經》的發行人杜清月雖是一介女流，但強硬不輸男人，更是敢於挑戰各政商名流，揭發種種不為人知的陰私，因此得罪了不少達官權貴。

說也奇怪，杜清月並沒有如某些人預料的被暗殺、襲擊什麼的，每天太陽還是從東邊出來，她還是不遺餘力地敲鍵盤跟政經界的老不修們纏鬥。

當然，《先鋒財經》畢竟是名門正派，週刊內的報導多是以正面的解析、忠實地還原真相為主，跟旁門左道的狗仔雜誌還是不一樣，所以才會具有一定的公信力，普遍獲得商業人士青睞。在唯恐天下不亂的人眼中，這可能是杜清月至今還全鬚全尾，沒有被斷手斷腳的主要原因。

滿月剛坐上公車，搖搖晃晃往先鋒雜誌社出發時，就接到了蕭颯的來電。

「抱歉，我剛才在忙，沒聽到手機鈴聲。」蕭颯的聲音一如往常的平穩而有磁性，讓人聽了很安心。

「沒關係，是我打擾了。」滿月緊張地壓低音量：「那個……其實也沒什麼事，就是想問你中午有沒有空，要不要一起吃個飯……哦，是我姊姊提議的，我想著如果你不介意，可以跟我姊姊見一次面。我姊姊平常很照顧我，很關心我，聽說……聽說我認識了新……新朋友，有些好奇……」

滿月不敢說姊姊押著她，要讓她去相親來著，以致於心虛得有些語無倫次。

「這……」蕭颯有些遲疑，「我和輕塵正在老爺子這邊，一時還走不開。」他口中的老爺子，自然是指谷輕塵的爺爺，鴻圖集團的幕後掌舵者谷錦揚谷老爺子。

「這樣啊，那下次吧，你們的事比較重要，我這邊只是吃飯的小事，不急，一點都不急！」滿月像是鬆了一口氣，乾笑起來。

相親什麼的，只要她不答應，姊姊總不能強迫她，還是不要拿這種雞毛蒜皮的小事去煩蕭颯好了，人家做的可都是大事業。她後來聽小雅簡單提過傾城公子的來頭，也從傾城公子那裡間接得知蕭颯和谷家的關係，雖然她不懂那些企業啊財團啊是怎麼回事，但至少也知道傾城公子家世很了不得就是了。而蕭颯既然以後會在鴻圖集團做事，未來肯定也是前途無量。她這種小老百姓的問題，就不要拿出去貽笑大方了。

這種自知之明她還是有的。

「幫我跟妳姊姊道個歉，改天我會正式登門拜訪。」

「啊啊，你不用介意，其實姊姊主要也不是要見你，她就是說要介紹她的員工給我認識，跟你沒關係，你完全不用放在心上，放心去忙吧！」滿月不想蕭颯感到內疚，不想他有心理負擔，忍不住就漏了口風。

蕭颯沉默了一會兒，敏銳地捕捉到幾分不尋常，「除了妳和妳姊姊，另一個人是誰？」

「我也不知道，姊姊說是她公司業務部的人，好像叫小紀什麼的。」

「男的？」

「嗯。」

「我知道了。」

「啊？」你知道什麼？

「你們要在哪裡吃飯？」

「在姊姊公司對面的餐廳。」

「妳姊姊的公司在哪裡？」

滿月老實報上地址，沒等她開口再問，蕭颯丟下一句「我馬上到」，就掛斷電話了。

滿月瞪著手機，你不是忙得走不開嗎？

公車走走停停，滿月終於及時在姊姊指定的時間安全上壘。

可是，杜清月似乎臨時接到了什麼消息，正和一個穿著襯衫的年輕男子討論得火熱，見滿月來了，也只是示意她跟著走，就兀自與男子一邊走一邊往對面的餐廳走去。

杜清月沒搭理滿月，她旁邊的年輕男子倒是對滿月友善地點頭微笑，似乎是個挺周到的人。

在餐廳坐定後，直到點完餐，杜清月還和年輕男子在商討著什麼事。

滿月也沒打擾他們，默默喝著侍者送上來的檸檬水，不時擔心地朝落地窗外看去，像是在等什麼人來。

就在這時，她忽然聽到姊姊提到了「鴻圖集團」四個字，耳朵不由得豎了起來。

雖然有很多不懂的專有名詞、沒聽過的名人名字，但她還是拼湊出了大概的意思：鴻圖集團明天要舉辦私人宴會，已經邀請了不少政經名流出席，準備半正式介紹谷家的小公子谷輕塵出場。

「……這個谷老賊的算盤打得可真響亮，雪藏了這麼久的孫子，終於要出現在眾人面前了嗎？」杜清月揚了揚手中剛拿到的賓客名單，嗤道：「只怕是醉翁之意不在酒，鴻門宴是假，群芳宴才是真！」

紀文祐皺了皺眉頭，問道：「杜姊，妳是說……」

「你看看這上面列的賓客名字。」杜清月指了指名單上的幾個人名，「這幾位家裡可都是有著跟谷輕塵年齡差不多大的金枝玉葉，谷老賊若是還沒痴呆，就不會放過機會。」

政經界經常利用子女聯姻，擴張事業版圖，杜清月不屑這種做法，卻也不可否認這是極有效又快速的手段之一。

「我知道了，等一下回去，我們業務部立刻和編輯部緊急開個會，從這些賓客名單著手，看看能不能從他們那裡打聽到什麼。」

「也好，谷老賊平時對媒體就防得嚴，想弄到邀請函是不可能了，從賓客那邊旁敲側擊，也許還能挖到一點消息。」杜清月說著，想起什麼似的，又道：「對了，還有一個人也要注意。」

「誰？」紀文祐問道。

「一年前曾經在媒體上曇花一現，後來被谷老賊封鎖消息的人。」杜清月瞇著眼睛說道：「台灣史上最年輕，擁有 FSA 證照的精算師，據說是谷家小公子的死黨。我看這人不簡單，多半是谷老賊準備培養用來輔佐谷輕塵的，又或者……」又或者讓他接手鴻圖集團的部分版圖。

最後這句話，杜清月沒有說出口，台灣的財團普遍重視血緣，讓外人入主自家的產業，幾乎是不可能的事，除非谷老頭有這個魄力，那就另當別論了。

「杜姊說的這個人我知道，不過沒多少人見過他，他很低調，幾乎不在人前露面。」紀文祐皺眉，「據說有人曾經想到T大去堵他，最後都不了了之。」

「不了了之就對了，你以為谷老賊的人消息是那麼好挖的嗎？就算挖了，也沒多少人敢拿到檯面上用，谷老賊年輕時可是黑白兩道通吃的，誰敢得罪他？」

「我們公司的電腦裡也沒多少他的資料，除了知道他的名字是蕭颯……」

紀文祐的話音未落，就聽得噹啷一聲，玻璃杯掉在了桌上。

杜清月和紀文祐不約而同看向滿月，滿月尷尬地笑道：「不小心手滑了！」

紀文祐醒過神來，連忙說道：「不好意思，我光顧著跟杜姊聊了，冷落了杜……呃……」

「叫她滿月就好了。」杜清月插口道：「滿月，小紀比妳大個幾歲，妳叫他紀大哥好了。」

「滿月，請多多指教。」紀文祐溫和地對著滿月微微一笑，唇紅齒白的模樣，簡直就是標準的陽光型男啊！

滿月窘迫地回了一個靦腆的笑容，「紀……」

下面的「大哥」二字還未出口，忽然有一雙大手從後面搭上了滿月的肩膀，接著，滿月的頭頂上傳來了極是好聽，此刻卻讓滿月渾身發毛的嗓音：「滿月，我來遲了。」

蕭颯俊逸的臉上，端著淡淡的笑容。雖然與二十九歲的杜清月相比，二十三歲的蕭颯氣質略顯青澀，但已隱隱有了上位者不怒而威的凜然氣勢。

杜清月與紀文祐對看一眼，杜清月問道：「滿月，這位是……」

滿月視線遊移，目光閃爍，支支吾吾道：「那個……大概是……谷、谷老賊的什麼人來著……呵呵……呵呵……」唉，滿腹心事無從寄，只好呵呵兩聲替！

蕭颯沒等主人邀請，就自動拉開椅子，在杜清月對面坐下，看得杜清月直皺眉頭。

這個餐會是她為了介紹妹妹和自己的得力下屬認識而提議的，她可不記得她什麼時候請了這麼一號人物，不由得把視線掃向那個心虛得快把頭埋到胸口去的滿月。

蕭颯抬手招來侍者，點了一份商業簡餐。

滿月連忙跟著把自己點的套餐換成二九九元的 buffet 吃到飽，她現在極需儲備戰鬥力。

蕭颯點完餐就悠悠哉哉端著水杯輕啜，似乎沒有開口的打算。

餐桌上一片詭異而尷尬的寧靜，杜清月面色不善地打量著眼前這個陌生的男子，紀文祐則是看看滿月，又看看突然出現的不速之客，表情有些複雜。他對滿月是有好感的，倒不是因為她是頂頭上司的妹妹，想攀裙帶關係什麼的，而是他曾在公司看過幾次滿月來找杜姊，覺得她挺純的。

這年頭，這麼單純又樸素的女孩子不多了。

不過，剛才看到不請自來的男子把手搭在滿月肩上，滿月卻沒有掙扎，彷彿很習慣了一樣，他的心忍不住微微沉了下來。

「杜滿月，妳是不是有什麼事忘了告訴我？」杜清月語帶威脅地盯著滿月。

三雙眼睛同時間看向她，滿月覺得自己現在一點都不圓滿，而是乾癟得像一彎耷拉著腦袋的下弦月。

「咳咳，本來……本來是忘了，現在想起來了。」滿月輕咳了兩聲，硬著頭皮，指著蕭颯介紹道：「這位就是姊姊說的野男人……」

蕭颯挑眉，滿月立刻改口：「我是說，我在遊戲裡的野外認識的男人。」又指著杜清月和紀文祐，對著蕭颯說道：「這是我姊姊，那是紀、紀大哥。」

對於滿月不倫不類的介紹詞，素來伶牙俐齒的杜清月眉頭擰得可以夾死蚊子了。

蕭颯也沒在意，禮貌地對未來的大姨子點頭，客氣而意味深長地自我介紹道：「姊姊好，我叫做蕭颯，禍起蕭牆的蕭，英姿颯爽的颯，目前就讀T大，數學系四年級。」

杜清月對蕭颯沒什麼好感，冷哼道：「誰是你姊姊！」

「也對，正確的說法，應該叫……大姨子。」蕭颯悠然應道。

嘶！滿月一口檸檬水全吸到五臟六腑去了，這裡也酸，那裡也酸，牙齒更是疼得酸。

「誰是你……」杜清月正要拍桌，猛然頓住，「你是蕭颯？T大數學系四年級的蕭颯？」

「是。」

杜清月與紀文祐驚訝地對看一眼，職業病發作的杜清月，更是瞬間把對蕭颯的反感拋到腦後，對於這個天上掉下來的餡餅，只琢磨著怎麼從他身上榨點什麼不為人知的芝麻消息出來。

紀文祐看著像是發現獵物的獵人般眼睛發亮的杜清月，無聲嘆了口氣，看來杜姊的老毛病又發作了，完全沒把蕭颯說的那「大姨子」三個字聽進去。

大姨子……紀文祐抿了抿嘴唇。

「蕭同學……」杜清月斟酌好了言辭，開口道。

「叫我名字就好了。」

「好，蕭颯，你跟鴻圖集團的谷老……咳，谷老爺子是什麼關係？」杜清月直接開門見山。

「沒關係。」在杜清月變臉的下一秒，蕭颯又道：「現在沒關係，以後可能會有關係。」

「你說謊，谷錦揚當初資助你赴美進修考證照，嚴格說起來，他是你的恩人，怎麼會沒有關係？」杜清月毫不客氣地指稱。

「沒錯，不過不能算是恩人，我跟老爺子是有交易的。他負責我在美國期間的所有支出，我則代他考察鴻圖與美國合作企業的財務狀況，我跟他是銀貨兩訖，說是恩人，並不恰當。」

「鴻圖有意在美國發展？」

「對。」

杜清月迅速在心裡逐一過濾鴻圖這一年來的動向，揣測道：「房地產？」

「一半。」蕭颯淡笑道：「下一步是房地產，目前主要是電影，正在跟好萊塢的幾個製片接洽當中。」

杜清月提的問題，一個比一個犀利，一個比一個直接，包括前不久有人指出鴻圖觸角伸得太廣，出現資金不足，公司周轉不靈等的相關傳聞，蕭颯都如實回答了。

「……倒數第二個問題，鴻圖明天辦的私人宴會目的是什麼？」

「尋找新的合作對象。」

「最後一個問題，你知道我是做什麼的嗎？」

蕭颯聞言笑了，「《先鋒財經》的鐵娘子，久仰。」

杜清月撇了撇嘴，顯然對他的稱呼、對他輕描淡寫的態度不以為然，「既然知道，你怎麼還敢透露這些消息？看來谷錦揚是老糊塗了，才會養虎為患。」多年累積的敏銳直覺，讓她知道蕭颯句句屬實，只是這樣更讓她不屑，一個隨便向第三者洩露商業機密的人，行徑卑鄙，人品更讓人質疑。

蕭颯似是猜到了杜清月的想法，淡淡一笑，篤定地道：「妳不會說出去的。」

杜清月剛想冷笑，忽然想起在這之前蕭颯喚她的「大姨子」三個字，不由得臉色微變，沉默了下來。

就剛才蕭颯說的關於鴻圖的種種，已經讓她足夠寫出一篇精采的分析報導，她不可能放過這麼好的機會，可是她忽略了一件重要的事，透露這些消息的男人，跟她的寶貝妹妹似乎有「不尋常」的關係。

蕭颯就是掐住了這一點，才敢大大方方回答她的問題。

這個男人太狡猾了！

杜清月正想質問他和滿月的事，猛地想到紀文祐還在旁邊，到了嘴邊的話只好嚥了回去。

在座最尷尬的人，當屬紀文祐了。

有眼睛的人都看得出來蕭颯和滿月之間的曖昧，但幾個人都心知肚明，這次的聚餐是變相的相親宴，偏偏還不能戳破這層窗紙，身為發起人的杜清月，簡直像是吞了蒼蠅一樣的難受。

幸好紀文祐也識時務，只當是普通的朋友聚餐，沒說什麼不該說的話，可是這樣反而讓杜清月更加內疚，對蕭颯也更是看不順眼。至於始作俑者滿月，大刑伺候都是便宜她了。

滿月像是沒察覺餐桌上的暗潮洶湧，兀自撈了一盤又一盤堆積如山的戰利品回來，無視姊姊和蕭颯之間的你來我往，只管埋頭猛吃。好吧，實在是除了吃，她也不知道該做什麼好了。

雖然她應該是主角，但她卻覺得自己差不多該領便當了。

「杜滿月，好吃嗎？」杜清月陰森森地問道，那語氣活像是剛從地獄爬出來的女鬼。

滿月被姊姊突如其來的威脅嚇了一跳，咬了半口的千層派卡在喉嚨，一口氣憋得上不去也下不來，忍不住劇烈咳了起來，咳得小臉漲紅，咳得本就酥脆的千層派瞬間四分五裂，不僅噴得到處都是，還糊了自己滿臉，說有多狼狽就有多狼狽。

蕭颯快手快腳地遞了水杯過去，幫著拍背順氣，待滿月止住咳嗽後，又拿起餐巾紙，一手托著她的下巴，一手細細地擦拭她臉上的碎屑。所有的動作一氣呵成，自然得不能再自然，自然得讓一旁的杜清月和紀文祐都坐不住了。

這麼大方地秀恩愛，要說兩人沒關係，那這人肯定瞎了眼。

杜清月看不下去了，這兩個傢伙簡直在打她的臉，她回去以後要怎麼對紀文祐交代？

啪的一聲，杜清月站了起來，「都吃飽了吧？我去結帳，今天我請客！」

「啊？可是我還沒吃……」

杜清月一道殺人的視線掃過去，滿月立刻縮小了一圈，「這……這裡的菜不太好吃，我、我……我不吃了！」然後故作厭惡地頭一甩，完全無視剛好從旁邊經過的侍者黑了的臉，以及她面前那疊了少說有十來個被舔得乾乾淨淨連渣也不剩的空盤。

杜清月額角的青筋瞬間爆起，直想把這個蠢妹妹拍回太平洋去，省得她在這裡丟人現眼。

沒想到，滿月看到面前的盤子上還有大半的煙燻鮭魚沒吃完，竟然又來了一句：「雖然不好吃，但是丟掉太浪費了，請幫我打包。」最後這句是對著那個黑了臉的侍者說的。

侍者板著臉孔答道：「吃到飽是不能外帶的。」

杜清月：「……」她暫時沒臉再來這家餐廳了！

買單後，四個人表情微妙地一起走出了餐廳。

杜清月和紀文祐還要回公司開會，蕭颯便說要送滿月回家。

杜清月掙扎了一下，讓紀文祐先回去，然後理智戰勝了情感，獨家報導強過了沒用的臉皮，她直接問蕭颯能不能幫她弄到明天鴻圖私人宴會的邀請函。

「不行，請柬是老爺子的特助發出去的，不止我沒有，連輕塵也沒有。」蕭颯一口否決，「不過，老爺子並沒有禁止我和輕塵帶朋友過去，如果妳不是以雜誌發行人的身分出席，而是以……」

「什麼？」杜清月一聽有戲，不由得略微激動起來。

「如果妳是以我大姨子的身分出席，我想，老爺子會很歡迎妳。」

杜清月差點一口口水吐在蕭颯臉上，這人敢不敢再無恥一點！

氣狠了的杜清月，報復性地警告滿月：「今天雖然是週末，但妳沒事不要在外面遊蕩，外面有很多壞人。」說著還意有所指地瞄了蕭颯一眼，「妳現在馬上就給我回家，等一下我開完會就過去找妳，妳敢亂跑讓我找不到人，小心妳的短腿！」

蕭颯彷彿沒聽懂杜清月的指桑罵槐，竟然還點頭附和：「沒錯，外面壞人很多，待會兒我們在遊戲裡碰面，昨天我發現一個地方風景不錯，妳一定會喜歡，我帶妳去看看。」

杜清月一口老血還沒噴出來，就看到滿月眼睛亮了起來，甜笑道：「好啊，我最喜歡看漂亮風景了，我們走吧。」接著就和蕭颯旁若無人手牽手走了，留下杜清月瞠目結舌，淒涼地站在原地。

望著滿月蹦蹦跳跳歡快走遠的背影，杜清月慢慢收斂起了表情，皺著眉頭，自言自語般的說道：「滿月，這男人不適合妳啊……」

回到公司，杜清月暫時收拾好情緒，召集了編輯部、行銷業務部，開了一場臨時會議。她當然沒把蕭颯說的那些話告訴其他人，在她確定妹妹和蕭颯的關係之前，不能貿然行動。

紀文祐也很有默契地沒有透露半個字，他自是了解杜姊的心思。

杜清月匆匆開完會，就直奔滿月的租屋處，一進門就見滿月乖乖待在客廳等她。

大雅和小雅都不在，杜清月乾脆就在客廳和滿月曉以大義起來了。她真是傻了才會對小妮子的話照單全收，現在回想起來，小妮子口中的「姑爺」根本跟蕭颯不像是同一個人，她改天要找個機會勸勸她去看精神科。

誰叫小妮子把她搞到快精神衰弱了。

「滿月，妳知道蕭颯是什麼人嗎？」杜清嚴肅地問道。

「好人。」滿月堅定地答道。

「滿月，姊姊不是在說笑。」

「我很認真啊！」滿月詫異，難道姊姊不認為蕭颯是好人嗎？

「嗯……」杜清月扶額，她不該用自己的思路去揣想這個妹妹，就某方面而言，滿月頗奇葩的，「姊姊的意思是，蕭颯就是時下俗稱的高富帥，尤其他又是那種有硬實力的人，絕對不會是普通人物……」

滿月聽得直點頭，她也是這麼想。

杜清月見滿月還是一臉的不開竅，只好委婉地明示：「滿月啊，妳覺得『高端大氣上檔次』和『可愛鄉村非主流』匹配嗎？」

「哪裡不配？不是都七個字嗎？」滿月奇怪地反問。

杜清月語塞，她本來是想對滿月動之以情的，怎麼反而被滿月的奇思妙想給繞進去了？

「對了，姊姊，明天我要去參加鴻圖的宴會。蕭颯說宴會上有很多好吃的東西，他事先打聽過了，不只有中西餐，還有其他國家的風味料理，機會難得，要我絕對不可以錯過，明天他也會幫我搜括的，嘿嘿！」

他為了妳去打聽宴會上吃什麼？還要幫妳搜括食物？

杜清月囧了，蕭大少爺啊，你一個堂堂身價千萬的公子哥兒，至於做這麼掉價的事情嗎？你的高端大氣上檔次哪裡去了？

「姊姊，妳去不去？」

「我可還沒同意你們兩個人的事，想拐彎抹角讓我以他大姨子的身分出席，好趁機坐實你們的關係嗎？」杜清月冷哼，「難道你們以為我會為了獨家就放棄我的自尊？我是那麼沒原則的人嗎？」

「所以，姊姊不去嗎？」

「……去。」

滿月是真的把鴻圖的私宴當成遠足的，所以輕裝上陣，但是當她看到姊姊一改平日一絲不苟的OL套裝，換上一襲曲線畢露的粉橙色削肩露背小禮服時，她傻眼了。

而杜清月一看到妹妹的T恤、牛仔褲，她的眼睛瞪得比滿月還大，甚至在心裡反省起過去對妹妹的教育太狹隘了，竟然少教了她人情往來什麼的。

「姊，妳是要上街賣肉嗎？」

「妳是要上街買菜嗎？」

兩人同時脫口而出，只是滿月立刻又得來姊姊的一記暴栗，「妳從哪兒學來的葷話？」說著又在滿月的背上拍了一掌，「妳到底是去做什麼的？快去換身洋裝來！」

「去吃好東西啊！」滿月無辜地說道。

杜清月完全不懂自己對妹妹從小到大的教導出了什麼問題，怎麼會養出這麼一個吃貨來？她是哪裡餓到她了？不是餐餐給她三碗飯了嗎？

鴻圖的私宴並沒有辦在知名飯店，而是選定了谷老爺子在陽明山上的一座私宅。本來蕭颯有問要不要派車來接兩姊妹，但杜清月直接回絕，表示要自己開車，所以在接到滿月後，杜清月就驅車直奔陽明山。

宴會中午十二點整開始，杜清月按照衛星導航的指示左拐右彎，沒想到宅邸比想像中偏遠謐靜，於是她們比預定的時間晚了十來分鐘才到。

晚到就算了，偏偏杜清月又有股傲氣，說什麼也不肯將車駛入谷家的私人停車場，結果繞了一圈，才找到適合停車的路邊，等到停妥下車，已經十二點半了。然而，災難這時才剛開始。

停車的地方離谷宅走路只需要十分鐘，奈何兩姊妹都足蹬高跟鞋，在山路上踩著高跟鞋走十分鐘幾乎就等於在平地走半小時，更糟的是，頭頂上那顆炙熱的大太陽像在嘲笑她們似的，燃燒得極為張揚。

滿月穿的是及膝的兩件式鵝黃小洋裝，綁了公主頭，看起來很是俏麗，但被姊姊強迫穿了沒穿過幾次的兩吋半高跟鞋，此刻在斜坡上走起路來，彎腰駝背，兩腿微顫，忍得……都快變成忍者龜了。

有苦難言的滿月，看向旁邊踩著四吋高的高跟鞋，拎著幾乎曳地的裙襬，還能健步如飛的杜清月，崇敬之情油然而生，當下就在心中默默為姊姊的強悍點了三十二個讚。

可惜，再怎麼強悍，也敵不過驕陽的凶殘，當兩人滿頭大汗，終於抵達谷家的華宅時，滿月的兩條腿已經抖如風中落葉，而杜清月那一大早剛做好造型的波浪鬈髮，也坍塌如鳥巢一般。兩個人看起來就像歷劫歸來，慘不忍睹，嚇了谷家門口的門房和保全好大一跳。

然而，這兩個女人的苦難還沒結束，她們被保全當成可疑分子攔在了大門外。

早就憋了滿肚子火氣的杜清月，老實不客氣地說道：「蕭颯呢？叫他出來！」

門房和保全對看了一眼，在谷家，蕭颯的地位只比谷老爺子的親孫子谷輕塵低一些，畢竟蕭颯和谷老爺子沒有任何血緣關係，但谷老爺子對於蕭颯的重視，絕對不亞於自己的孫子，連帶的他們這些下屬也是將蕭颯當谷家少爺看待的。

而眼前這個女人開口就連名帶姓喚蕭颯的名字，口氣聽起來也好像跟他很熟，門房和保全不由得猶豫起來。

所幸門房機靈，立刻反問：「小姐，請問您有邀請函嗎？」今天情況特殊，未驗過請柬，他們是不能擅自放行的。

杜清月冷冷地道：「沒有。」

「沒有邀請函，我們就不能讓二位進去，小姐還是不要為難我們吧。」門房客氣地道。

杜清月雖然氣憤，但還不至於喪失理智，知道該依規矩來，就按捺著性子，對滿月說道：「妳打電話給蕭颯，要他出來接我們。」

「我的手機放在車上了，洋裝沒有口袋，不能放東西。」

「……」

「姊，妳打吧，我把他的手機號碼告訴妳。」

「……我的手機也放車上了。」

兩個女人面面相覷，還是杜清月腦筋轉得快，靈機一動，直接問門房：「賓客要邀請函，主人的家眷就不用了吧？」

「如果是老爺子的家人，當然就不用。」門房老實答道。

「那好，你讓我們進去，我們不需要邀請函。」杜清月理直氣壯，「我們是蕭颯的親眷。」

門房愣住了，他在谷家幹了門房這麼多年，谷家人沒有沒見過的，蕭少爺沒什麼親人，怎麼突然冒出親眷來了？只是見眼前這位小姐如此篤定，他不由得遲疑起來，難道真是他沒見過的蕭少爺的家人……

「小姐，請問您是蕭少爺的……」

杜清月把大胸脯一挺，下巴微抬，高傲地說：「我是他的大姨子！」

滿月噎了一下，姊姊啊，妳的自尊和原則被妳一句話就扯得七零八落了呀……

門房和保全則是都被杜清月的氣勢唬住了，不由得面面相覷。他們可沒有膽子得罪蕭少爺的家眷，可是眼下沒辦法確認這個頂著鳥窩頭，偏生又穿得極高貴的女人，到底是不是蕭少爺的親眷，一時左右為難起來。

杜清月和滿月晚到了四十幾分鐘，賓客們早就都已經準時入場，大門口此刻空蕩蕩的，只剩四個人大眼瞪小眼地對峙著。

正當門房猶豫著要不要進去通報，請蕭少爺來「認親」時，一個滿月熟悉的聲音忽然響起。

「咦，嫂子，妳怎麼在這裡？」

第六章

滿月大談歪理，老爺子節節敗退

眼，顯眼的反而是穿著「樸素」的她。

大廳上的賓客一開始並沒有注意到杜清月她們，畢竟場中已有各色千嬌百媚鎮場了，不過，當他們看到後面跟著的谷輕塵，那眼神瞬間就不一樣了。

在場的人精都知道谷輕塵是鴻圖集團未來的繼承人，谷老爺子護得極緊，根本很少人有機會能接觸到他，於是，在知道谷家的小公子會出席宴會時，有金枝玉葉的、有掌上明珠的，紛紛積極參與，就盼自家的女兒能入了谷小公子的青眼。

而其他能與鴻圖平起平坐的企業，當然不須仰賴聯姻。來參加谷老爺子舉辦的私宴，除了是給份臉面之外，多少也有探聽鴻圖未來動向的意思。至於能不能撈個女婿回去，但憑天意就是了。

滿月被眼前的衣香鬢影閃花了眼，沒發現很多人的目光已經往她們這邊飄。

杜清月倒是留意到了，卻半點也沒放在心上，甚至女王氣場全開，大大咧咧地使喚谷輕塵：「妹夫的小弟，幫我找個妝髮師來，我補個妝整個髮，否則都不好見人了。」

「遵命，大姨子！」谷輕塵說著，還做了個舉手禮的動作，「我們谷家的造型師是留美的，曾經為幾個國際影星做過造型，絕對能讓大姨子滿意！」

谷輕塵正要抬手招人過來，卻迎面看見蕭颯沉著一張臉走了過來，便轉而先打了個招呼道：「喲，老大！」

蕭颯直接越過他，眼神也沒給一個，就來到滿月面前，皺著眉問道：「妳的腳怎麼了？」

折騰了這麼久，滿月早就覺得兩條腿不是自己的了，僵硬得連站姿都變得彆扭了還沒自覺。

蕭颯卻是一眼就注意到了，以為她發生了什麼事，眉頭擰得嚇人。

滿月遲到，他擔心不已，可谷輕塵那小子不知到哪裡鬼混了，遲遲沒有現身，他只好暫時代替他陪在老爺子身邊。期間他撥了不下十來通電話給滿月，可滿月的手機都沒人接，他又找不到空檔離開老爺子，憂心之餘，忍不住在心裡把谷輕塵罵了又罵。

就在他猶豫著是否要開口跟老爺子說要暫時離開一下時，滿月終於姍姍來遲地出現，只是她那狼狽的模樣，讓他懸著的心不僅沒放下，反而揪得更緊。

滿月看著蕭颯那關心的表情，繃了多時的神經瞬間啪的斷裂，忍不住眼泛淚光，可憐兮兮地說道：「鞋子磨得腳好痛……」

蕭颯盯著滿月腳下的高跟鞋看，越看臉色越黑，接著，他蹲下身體，單膝跪地，輕輕托起滿月的一隻腳，放在自己的膝上，也不管那沾黏了不少沙石屑的高跟鞋有多髒，是否毀了他那條數萬塊的西裝褲，就細細打量起滿月腫脹的小腿肚和泛紅的腳踝。

原本語笑喧闐的大廳忽然安靜了下來，眾人的視線全都聚焦到了無視旁人眼光的蕭颯和滿月身上。

在場大部分的人都知道蕭颯在谷家的地位，就算是不清楚兩人之間的羈絆到何種程度，至少也都明白，除了親孫子谷輕塵之外，谷老爺子最重視的就是蕭颯這個年輕人，重視到若非蕭颯姓蕭不姓谷，旁人還會誤以為蕭颯是老爺子的孫子。

而且，谷家小公子谷輕塵和蕭颯比親兄弟還親，綜合上述兩點，就更讓其他人不得不對蕭颯另眼看待，甚至有一些人就是衝著蕭颯來的。

在滿月到來之前，跟在谷老爺子身旁的蕭颯，幾乎是全場板著冷臉，渾身散發迫人的冷氣，使得許多想親近他的豪門千金卻步。

如今，這個冷硬的男人卻突然對著一個不知打哪兒冒出來的小寒酸屈膝，也不怕髒了自己的衣服，讓她踩到自己的腿上，這……這簡直是讓谷老爺子和他的小夥伴們全都驚呆了。

而在蕭颯捧起滿月的腳，脫掉她的高跟鞋，低頭檢查她腳底板時，周遭響起了此起彼落的抽氣聲。

蕭颯恍若未聞，也不覺得自己的動作有任何不妥。他的視線掃到滿月的後腳跟，那裡已經磨破皮，滲出血絲，原本冷酷的面容，瞬間又罩上了一層寒霜。

「我帶妳去上藥。」蕭颯繃著臉說道。

滿月應了聲好，正想從蕭颯手中拿回自己的鞋子穿上，誰知蕭颯沒還給她，還拎在自己手上，更是一把將她攔腰抱了起來，往裡面走去。滿月嚇了一跳，連忙摟住他的脖子。

接著，兩人就在眾目睽睽之下消失在了大廳。

「他們是不是把我忘了？」杜清月皺眉。

「大姨子不用擔心，我家老大遇到嫂子的事情時，腦子都會不太正常，等一下就沒事了。」谷輕塵笑道：「來來來，我先帶大姨子去弄頭髮，保證給妳整出個更驚天動地……哦，我是說驚為天人的髮型。」

然後，眾人就又瞪著眼睛，看著谷家那位高不可攀的天之驕子，對著一個頂著鳥窩頭的詭異女人點頭哈腰，把她客客氣氣地迎到了大廳旁的房間裡。

最後，在場的人心有靈犀般，紛紛轉頭，把視線投向大廳正前方那個白髮銀鬚、精神矍鑠的老人身上。

只見原本被蕭颯的小意迎合舉動驚呆了的谷老爺子，這會兒又被自己的寶貝孫子那窩囊樣兒氣得臉上一陣青一陣白，怒氣絲絲外漏，惹得老爺子四周的人不由得都往後退了一步。

倒是站在谷老爺子身後的平頭特助只瞄了老爺子一眼，就垂下眼簾，繼續眼觀鼻，鼻觀心。他已經很習慣老爺子被自己的孫子氣狠的模樣，反正最後老爺子也不會真的對小公子怎麼樣，見多也就不怪了。

谷老爺子活到這把歲數，有了如今的地位，能給他氣受的也沒幾個人了，偏偏在他今天想要把自己的寶貝孫子和視若親孫的人利用這個場合推介到人前時，這兩個兔崽子就給他來了這麼一齣，簡直是把他這輩子積攢下來的臉面都丟光了。

「兩個小混帳！」谷老爺子憋屈地低咒了一聲。

平頭特助懶懶地抬了一下眼皮，又低頭去看自己那雙今早被老婆刷得特別閃亮的皮鞋，忍不住讚許地點了點頭。

滿月再回到大廳時，折磨她多時的高跟鞋已經被丟到角落去了，她換上了一雙不知蕭颯從哪兒找來的香檳金真皮平底鞋，後腳跟也塗上了微涼的藥膏。重新整理一番後，瞬間原地滿血復活，又是一隻活蹦亂跳的小白兔。

恢復行動力的小白兔，立刻直奔大廳能補充戰鬥力的 buffet 區，直到撈了滿滿一盤補給品，咬了幾口海鮮蔬菜捲餅，才後知後覺想起她好像忘了一個人。一回頭，赫然發現蕭颯被一個穿著火紅曳地長裙的女人纏住了。

她的熱血頓時上湧，正想衝過去，想起什麼似的，低頭三兩下把剩下一半的捲餅吃完，想了想，又把鳳梨蝦球、魚香茄子掃光，這才氣勢洶洶地趕了過去。

填飽肚子，好打野雞！

其實蕭颯很不耐煩應付野花野草，只是他記得眼前這個女人的父親是老爺子考慮合作的對象之一，他才冷著臉，繼續聽她廢話。也不知這女人怎麼回事，他都故意擺臉色了，她還像是瞎了眼般完全沒感受到，兀自嘰嘰喳喳。

他想去找他的小白兔，不想把時間浪費在莫名其妙的女人身上。

正當蕭颯要掉頭走人時，就看到他家小白兔風風火火飛奔過來，活像後面有惡狗在追。

蕭颯伸手握住滿月的腰，皺眉斥道：「妳的腳傷還沒好，不要亂跑，當心扭到！」雖是斥責，但聲音裡沒有半分火氣，反而是飽含關懷之意。

滿月微嘟著嘴，囁嚅道：「我有注意的……」

蕭颯揉了揉她的頭，說道：「不要讓我擔心。」

滿月張了張嘴，不服氣地想反駁，但對上蕭颯幽黑的眸子，不由得乖乖低下頭，老實說道：「對不起。」

蕭颯笑了笑，從上衣口袋掏出一條白色的手帕，托起滿月的下巴，輕輕擦拭著她唇角殘餘的醬汁，「妳看妳，吃東西吃到沾了臉都不知道。」笑容雖淺淡，眼裡卻盡是寵溺。

「咦，那隻火雞不見了！」滿月東張西望，發現那個花痴女不見了。

「什麼火雞？」

「就是那個剛才拉著你說話的女人啊！」滿月咕噥道：「跑得真快，說不定是看到我來才跑的，真沒用！」她的戰鬥力還沒拿出來呢！

「沒用的是妳！」不知打哪兒冒出來的杜清月，食指屈起，從後面敲了滿月的腦袋瓜兒一記，「人家是被你們兩個不知廉恥當眾秀恩愛嚇跑了！」

「姊，妳不要冤枉我們，我們才沒有秀恩愛呢！」滿月抗議。

「對啦對啦，你們沒有秀恩愛，你們本來就很恩愛！」杜清月揮揮手，「不過，滿月啊，你們以後要恩愛也看一下場合，在這種地方秀恩愛，死得快啊！」

說報應，報應就來了！

谷老爺子的平頭特助過來請示道：「大少爺，老爺子請您和這位小姐過去。」

這位平頭特助是谷老爺子的心腹，知道老爺子對蕭颯和自己的孫子同樣重視，因此，平時就把蕭颯當谷家主人看待，直接稱呼他為大少爺，年紀稍小的谷輕塵則為小少爺。谷老爺子對這樣的稱呼是默認的，不然他也不敢擅作主張。

「這老頭想幹麼？」杜清月皺眉頭。

平頭特助再次盡責地當起布景板，老頭什麼的，完全是他做夢夢到的。

蕭颯倒是不以為意，牽起滿月的手就走，「走吧，別讓老爺子等太久。於情於理，本來就應該先帶妳去見見他，現在是我們失禮了。」

杜清月擔心妹妹吃虧，連忙跟了上去。

谷輕塵攙著老爺子的手，對著迎面走來的蕭颯和滿月擠眉弄眼，笑得很是曖昧。

蕭颯又一次把谷輕塵無視掉，略微恭謹地喚道：「老爺子。」

「哼，我還以為你忘記我這個糟老頭了！」谷老爺子不滿地怨怪道。

蕭颯只當沒聽見，又道：「老爺子，這是滿月。」他知道老爺子已經讓人調查過滿月一家，故而介紹也沒頭沒尾，反正只是走個過場。

「滿月？什麼滿月？初一才剛過，哪來的滿月？」谷老爺子吹鬍子瞪眼，故意找碴。

蕭颯無奈地看著老爺子，偏偏谷老爺子倔脾氣上來了，根本不管不顧。

「爺爺，你是不是又老糊塗啦？今天已經初十了，初一過很久了！」谷輕塵嘻皮笑臉。

「臭小子，你給我滾一邊去，看到你我就來氣！」谷老爺子把拐杖重重往地上一頓。

谷輕塵摸摸鼻子，對蕭颯眨了眨眼，示意他愛莫能助。

蕭颯也沒指望谷輕塵能幫上忙，正想開口勸和，滿月卻是先脆生生地說話了：「老爺子，我叫做杜彌月，因為我出生那天晚上正好是圓月，所以滿月就變成我的小名了。」

她不知道谷老爺子早就知道這些事，所以仔細解釋了一番。

滿月的態度溫和有禮，谷老爺子身分擺在那裡，自然不能跟一個小女孩計較，只是他看不慣蕭颯有了女人就忘了爺爺，怎麼也不肯放下架子，於是低哼一聲，表示聽到了。

出於護短，再加上杜清月早八百年就看不慣這老謀深算的老頭子，便忍不住刺了回去：「我們家滿月的心思就是單純，別人說什麼她就應什麼，哪像某些沒臉沒皮的人，活了一大把歲數了，還像個小孩子一樣耍性子，簡直是那個叫什麼來著……哦，對了，老番顛！」

谷輕塵噗哧笑了出來，谷老爺子又是一聲冷哼，谷輕塵連忙縮了回去。

谷老爺子瞄了杜清月一眼，又看向滿月，毫不客氣地問道：「妳要多少錢才肯離開蕭颯？」

滿月：「……」這話怎麼那麼耳熟？

蕭颯臉色微沉，張嘴未語，就被谷老爺子瞪了回去。

滿月也沒生氣，搖搖頭，「你的東西我全都不要，我就要他。」說著指了指蕭颯。

雖然這話把蕭颯跟東西擺在了同一個層面，卻沒有任何輕蔑之意，谷輕塵朝滿月豎起了大拇指，「嫂子，幹得好！」

「陳特助，那小子再多說一句，就把他給我扔出去。」谷老爺子沉聲道。

平頭特助看了看老爺子，看了看小少爺，神仙打架，凡人遭殃，他默默地往後退了兩步，繼續低頭研究打了蠟的皮鞋有幾個反光。

「妳覺得妳配得起我家蕭颯嗎？」谷老爺子再次咄咄逼人：「美貌、聰慧、心機、手段，妳占了哪一樣？」

杜清月怒了，想挺身駁斥，滿月卻對她搖了搖頭，然後認真想了一下，答道：「老爺子說少了，美貌、聰慧、心機、手段我都沒有，我還沒錢，沒有錢的爸媽，讀的更是三流大學。」

「妳倒是有自知之明。」谷老爺子說了句似褒實貶的話。

「那是，這個優點我還是有的。」滿月得意地道。

「我沒在稱讚妳！」

「哦。」

谷老爺子有種一拳打在綿花上的挫敗感，明明只是個沒吃幾年飯的小孩子，卻油鹽不進得像個人精，更讓人憋悶的是，對方還真不是個人精。

「既然如此，妳根本配不上他。」

「老爺子錯了。」滿月又是搖頭。

敢直接當面說「老爺子錯了」的人，滿月應該是頭一個。

「就是因為我什麼都沒有，所以他才配得上我。」滿月又說道。

谷老爺子氣極反笑了，這是什麼歪理？

蕭颯見識過滿月的「歪理直說」，還說得足以讓人點頭，不由得挑眉，也來了興趣。

滿月果然自顧自地解釋起來：「老爺子，你看嘛，蕭颯長得又高又帥，籃球打得好，頭腦也聰明，銀行存款也很多……」

「給我等一下，妳怎麼知道他存款多？」谷老爺子忙截住她的話，他幾次三番想打探蕭颯的身家，但蕭颯捂得緊，他只能摸到邊，這個小丫頭卻是說得一副理所當然的模樣。

小丫頭頓了一下，給了個更理所當然的答案：「我看過他的存摺啊！」

吃裡扒外的小王八蛋！

谷老爺子一個厲眼瞪了過去，蕭颯婦唱夫隨，擺了個跟小嬌妻同樣理所當然的臉孔。

滿月沒察覺他倆的機鋒，繼續說道：「也就是說，蕭颯什麼都有。至於我，就像剛才說的，要什麼沒什麼，更是沒家世沒背景，我爸媽也不是什麼大人物，連小人物都不算，然後生出了更沒什麼的我。」她說得理直氣壯，完全不覺得汗顏。

一旁的杜清月，倒是為妹妹丟人丟得這麼理直氣壯，感到無比汗顏。

「總而言之，什麼都有的蕭颯，配得上什麼都沒有的我。」滿月做出了總結。

總而言之個屁！

這個總而言之，是根據哪個混帳公式推演出來的結論？

谷老爺子的臉皮抽搐了好幾下，平頭特助不禁暗暗擔心老爺子會不會顏面神經失調，一時間也顧不得他的皮鞋，兩眼緊盯老爺子，關注著老爺子接下來會不會腦溢血，同時在心裡偷偷給滿月點了個讚，不愧是大少爺的女人，能把老爺子激到這種程度！

滿月看著周遭的人還是一副懵懂樣兒，忍不住有種「眾人皆醉我獨醒」的優越感，不過還是體貼他們的「智商」，補充說道：「老爺子，你看，這個大廳裡的女生，美貌、聰慧、心機、手段至少都占了第一項，再看這個大廳裡的男生，像蕭颯這樣又高又帥又有錢的，是不是很多？很多就不稀奇了，反而像我這樣乾乾淨淨的，才特別稀罕，特別珍貴！」

眾人：「……」珍貴你妹啊！乾乾淨淨是這麼用的嗎？

滿月才不管別人怎麼用，反正她就這麼用了，還用得天經地義，有理有據。

饒是活了大半輩子，見識過許多假無賴真耍賴的谷老爺子，也被滿月的神邏輯震了一下。

面對漏洞如此多的歪理，他竟一時不知該從哪裡反駁起。

杜清月的表情也有些複雜，她是該為妹妹如此理直氣壯地成長感到欣慰？還是該為妹妹義無反顧地往某個她不懂的世界奔去感到哀傷？

蕭颯倒是很給臉面地配合著說了一句：「娘子不要拋棄我。」

「我這個人沒有別的優點，就是重感情，絕對不會做出始亂終棄這種忘恩負義的事情來，放心吧！」滿月義正辭嚴地說著，然後還踮起腳尖，拍了拍蕭颯的肩膀。

谷輕塵樂了，一臉崇拜地看著滿月，「嫂子，妳真行！」說著，豎起了兩根大拇指。

「好說好說！」滿月謙虛地說道。

谷老爺子狠狠巴了谷輕塵的腦袋一下。

「達成共識真好，可是我餓了……」滿月摸了摸肚子，她剛才只來得及啃一盤菜，「我們去吃東西吧，我剛才看到居然有北歐風味料理區。我沒去過北歐，至少要嘗嘗看是什麼味道，沒看過豬，也要吃過豬肉嘛！」說完，拉著蕭颯就往餐點區走去。

於是乎，谷老爺子就這樣眼睜睜看著自己精心培養的孩子，被另一個自稱稀罕又珍貴的丫頭帶往神也不知道的境界去了。

過了一會兒，谷老爺子才表情嚴肅地問杜清月道：「妳妹妹是不是受過什麼嚴重的刺激？」

杜清月：「……」蠢孩子，把妳老姊我的臉都給丟光了！

餐點區裡，滿月很歡快地來回穿梭著。

在商場上打滾的人，個個都是有眼色的，不會有人傻到來赴宴還浪費時間在吃飯上，就是那些跟著來「選秀」的「佳麗們」，也會忍耐著美食的誘惑，淺嘗味道就罷了，更何況吃東西還會破壞她們的美姿美儀，所以她們通常寧願端著酒杯，也不願拿著盤子走。

結果，空蕩蕩的餐點區就成了滿月的世外桃源，她一邊搜括各色料理，一邊搖頭感嘆：「這麼多菜都沒人吃，真是太浪費了！」

亦步亦趨跟在她後面的蕭颯，微笑著說道：「那妳要多吃一點，機會難得。」一見滿月興致勃勃，本來沒什麼食慾的他，也跟著夾了一盤菜。

掃了一圈，滿月兩手各拿一盤，還有一盤讓蕭颯幫忙拿著，兩人找了個沒人的角落，一同窩在雙人座的沙發椅上，開始大快朵頤起來。

真正在享受美食的只有滿月，蕭颯只是偶爾吃幾口，待滿月清完一盤，準備進攻下一盤時，蕭颯才意有所指地問道：「滿月，妳剛才跟老爺子說的話是認真的嗎？」

口，也不知道在想什麼，表情看不出喜怒。許久，才幾不可聞地微微嘆氣。

杜清月在一旁也很感慨，心有戚戚地說道：「這兩個孩子雖然不是很配，不過，當媽的，大概就是這種感覺吧！」終於有人肯接收我家的蠢孩子了，可千萬別退貨啊！

谷老爺子撇了撇嘴，「以後的事誰知道？說不定他們明天就分手了！」

雖然杜清月也不看好自家妹妹和蕭颯，可是被谷老爺子這麼一激，好勝心就起來了，她瞇著眼道：「你不會是想用下三濫的手段拆散他們吧？老頭子，你這輩子做了那麼多缺德事，好歹踏進棺材前為自己和子孫積點陰德吧！」

「呸！老子我這輩子行事只憑良心，從不愧對任何人，妳才需要積陰德！」谷老爺子呸了一口，「妳那個破雜誌老是揭人隱私，當心有報應！」

「呸！」杜清月也不顧形象地呸了回去，「我那是勇於揭人陰私，如果你們身正，又何必怕影子歪？可見那是有人做了虧心事，心虛了！」說著，還意有所指地瞟了谷老爺子一眼。

站在三步遠的平頭特助見平時威嚴深沉的老爺子，此時像個小孩子般跟人吵架，逞口舌之快，完全不是那個跺跺腳谷家就會大地震的大家長，忍不住在心裡對杜大小姐豎起了大拇指。

老爺子素來痛恨那些愛造謠生事的記者，杜大小姐還是第一個敢在他面前大放厥詞而沒被丟離地平面的。旁人或許不知道，但他很清楚老爺子可能是看在大少爺的分上，接納了杜家姊妹，否則怎會容得杜大小姐在他面前放肆。

就這麼一個走神，杜大小姐已經換了笑臉，一隻手還大膽地勾上了谷老爺子的脖子，讓回過神來的平頭特助眼珠子都快瞪出來了，「誒，老頭子，我們不要管那兩個傻蛋的閒事了，不如說說你怎麼腦子抽風，想到要去投資電影？折騰房地產還有點意思，娛樂產業可不是鴻圖的作風啊！」

「嘖，妳才腦子抽風……」谷老爺子神奇的沒有甩開杜大小姐的手，啐了一句，忽然醒悟過來，憤然道：「這個小兔崽子，八字都還沒一撇，胳膊就往外拐了！」

這小兔崽子，指的自然是洩了口風的蕭颯。

杜清月臉不紅氣不喘地搖了搖食指，「非也，這只是妹夫對大姨子的友善示好。」

一邊往嘴裡填東西，一邊關注著這邊狀況的滿月，感嘆了一句：「沒想到老爺子和姊姊這麼投緣！」都好到可以勾肩搭背了。

蕭颯：「……」

送走滿月和杜清月之後，蕭颯被谷老爺子單獨拎進書房聊聊人生。

谷輕塵想跟進去，結果被谷老爺子一拐杖打出去，他只好蹲在門外撓牆。

平頭特助在門邊守著，這回不研究皮鞋，改欣賞起老婆幫他燙的襯衫有多平整，一絲褶痕也沒有，半點眼角餘光都沒捨得分給他家小少爺。

谷老爺子坐在寬大的辦公椅上，目光沉沉地看著恭敬肅立的蕭颯，不過，若是仔細看，還是能發現眼中蘊藏著一抹淺淺的溫情。

這麼多年來，老爺子對他的維護與呵護，他一直是心中有數的。

也因此，對於老爺子為他所做的畢業後的事業規劃，他欣然接受，畢竟老爺子頗有遠見，不欺他年輕生嫩，也不欺他家中沒有長輩就無理地指手畫腳。老爺子讓他去考精算師證照，自是為他想過的，這確實是他的專長。

老爺子又要他進入谷氏企業工作，他也沒有二話。

只是，不是外人揣測的那樣做谷輕塵的副手，而是直接圈地由著他去「玩」。

谷老爺子知道自己的孫子駕馭不了蕭颯，也知道蕭颯不可能會「背叛」谷輕塵，所以，最好的方式是讓他倆各自為政，卻又相輔相成。在他把龐大的鴻圖集團交棒給小孫子之前，為免兩人日後生出齟齬，壞了難得的兄弟情，他便先為兩人劃下道來，幫他倆找到定位。

對此，谷輕塵自然是隱隱有察覺到爺爺的意圖，也知道這在重視血緣的商界裡是很「離經叛道」的，外人不免會想：難道谷老爺子不怕鴻圖集團落入外姓之手？

所幸谷輕塵跟自家爺爺的想法不謀而合，用人唯才，血緣什麼的……呵呵。

當然，這不是說谷老爺子完全不在意鴻圖集團繼承人是不是姓谷，是不是谷家的子孫，而是他對蕭颯的品行有更篤定的把握，這就是個自尊心強，行事作風又頗有潔癖的倔強孩子啊！

這個倔犢子若想要什麼東西，絕對不會使用下三濫的手段，只會憑藉自己的實力，以正當、正面的管道獲取。讓他藉著「走後門」的方式進入鴻圖集團，然後伺機奪權，打死他他都不可能會去做。

谷老爺子固然是想幫孫子找一員強而有力的大將，但更多的卻是長年相處下來的深厚祖孫情誼，可惜這個與自己親近的倔孩子快要被來歷不明的小娃娃拐到不知名的世界去了。

他並未打算要干涉蕭颯的擇妻自由，也不需要蕭颯選一個有力的岳家，只是覺得自己看著長大的孩子那麼優秀，自然要有一個能夠配得上他的女人。

如果蕭颯只是玩玩就算了，但他知道這孩子的個性，他從不輕易認定，一旦認定，只要沒意外，那應該就是一輩子的事了。

「你確定了嗎？」谷老爺子意有所指地問道。

「嗯。」老爺子問得含蓄，但蕭颯懂。

「她沒有江家的丫頭漂亮。」

「我喜歡就好。」

「她沒有錢家的丫頭聰明。」

「我喜歡就好。」

「她沒有趙家的丫頭沉穩。」

「我喜歡就好。」

「她沒有王家丫頭機靈。」

「我喜歡就好。」

「她沒有孫家丫頭有手段。」

「我喜歡就好。」

「……你到底喜歡那丫頭什麼？」谷老爺子無言。

「不知道。」蕭颯乾脆俐落答道。

谷老爺子噎了一下，蕭颯又說道：「別人再好都與我不相干，我遇到的人是滿月。」

「你們兩個才多大？」谷老爺子不以為然，小孩子家家的，懂什麼？

「老爺子說的是，我會更認真對待滿月，絕對不抱著遊戲的心態。」

「……」我不是那個意思……

跟蕭颯這樣聰穎的孩子聊人生一向是如沐春風的事，如今卻像是在雞同鴨講。

谷老爺子忽然覺得很心塞。

趴在門板上偷聽的谷輕塵捶牆大笑，笑得東倒西歪，沒個正形，有人在他後面拍他的肩，也被他撥開不理。

後面的人乾脆雙手抱胸，抬腳尖打起了拍子，等一首《將軍令》都快打完了，谷輕塵才發現身後有人。一眼瞥去，驚了一下，「嫂子，妳不是走了嗎？大姨子呢？」

滿月有些無語，她怎麼覺得谷輕塵對她姊姊杜清月有一種天然的敬畏？

雖然姊姊的女王氣場確實頗強大……

「姊姊剛才突然接到雜誌社的電話，臨時有急事要回去處理，讓我回來找蕭颯。」滿月說著，學著谷輕塵的模樣，蹲在門板前，納悶地問道：「你蹲在這裡做什麼？找東西嗎？」

谷輕塵還來不及回答，門忽地被裡面的人推開。

兩個人下意識仰著臉望過去，就像兩隻青蛙一般，瞪著渾圓的眼睛，傻愣愣地看著突然出現的谷老爺子和蕭颯嘴角抽抽地看著他們兩人。

「……」滿月微張著嘴，半晌說不出話來。此時此刻，只覺得滿肚子的草泥馬都掩飾不了她的尷尬。

谷老爺子轉向蕭颯，問道：「魏家的丫頭落落大方，很懂得看人眼色，你真的不考慮嗎？」

蕭颯凝視著滿月那雙無辜的大眼睛，頓了一秒鐘，才淡淡地應道：「我喜歡就好。」

為著他那遲疑的一秒鐘，谷老爺子滿意了，他翹起嘴角，拍了拍蕭颯的肩膀，笑道：「是啊，你喜歡就好，你喜歡就好。」說完，背著手，低哼著不知道什麼歌，悠悠哉哉又轉回了書房。

正在模仿背景板的平頭特助，在門關上之前，哧溜一聲，迅速地跟著滑了進去。

蕭颯涼涼地瞥了谷輕塵一眼。

感受到一道凌厲的殺氣襲來，谷輕塵立刻從地上跳了起來，「啊，差點忘了，我跟伍一和九少約好要下副本，再不走就來不及了！」

滿月的手才剛伸出去，谷輕塵的身影已經消失在走廊盡頭。

等一下，不要丟下我呀！

當下，很有一種在世界中心呼喊愛，卻只喊來簌簌寒風颳過當作對白的淒清。

滿月硬著頭皮轉回身，昂著小臉蛋，討好地對著蕭颯傻笑。

蕭颯的無奈都被滿月這小模樣給笑沒了。

「妳還不起來？還要蹲多久？」

「我腳麻了，站不起來。」

「……」

❁　❁　❁

自從和谷老爺子見過面之後，滿月就當自己見過「家長」，過了明路，鬆了好大一口氣，又開始投入她的做菜賺錢大業，於是，每天就像那快樂的小小鳥，這裡飛過來，那裡飛過去，晃得「貼身伺候」她的小翠眼睛都快花了。

「小姐……」

「停！」滿月抬手止住她的話，「先說是好事，還是壞事？妳家小姐我最近心情很好，不想聽壞消息。如果是壞消息，就不要告訴我。」

小翠愣了一下，接著開始糾結，眉頭緊皺，眼珠子一下子往左撇，一下子往右兜，欲言又止地嘟著嘴，看得原本想「兩耳不聞窗外事，一心只做小媳婦」的滿月也跟著糾結起來——尼瑪，該不會真是壞事吧？

滿月強忍著不去問，想說依小翠那毛毛躁躁和管不住嘴的性子，肯定很快就會來纏著她說道。果然，小翠只糾結了不到一分鐘，就哭喪著臉說道：「小姐，我要結婚了！」

啊？這是好事啊，幹麼一副苦瓜臉？

滿月驚喜，「恭喜！妳搞定妳的靖哥哥啦？」是叫靖哥哥對吧？

小翠瞄了滿月一眼，低下頭，小聲說道：「不是靖哥哥。」

「呃……」滿月微愣，立刻改變話風，「天涯何處無芳草？本來就不用執著那根草。不管是誰，娶到我家能幹的小翠，都是他的福氣！」

自己幸福，就希望全天下都跟她一樣幸福的滿月，捧起小翠的臉，伸出兩根食指抵在她兩邊嘴角，往左右扒拉開，「來，笑一下嘛，不然福氣會跑掉啊！」接著又順口問道：「對了，妳要嫁的人是誰啊？」

嘴角被扒拉開的小翠，吐出幾個模糊的字。

「啊？妳說誰？」

「鳳朝陽。」

滿月手一滑，差點把小翠的臉拉破，疼得小翠直抽氣。

「妳妳妳妳妳妳……」滿月現在是有驚沒喜了，指著拚命揉著臉皮的小翠，「妳」了大半天，才訥訥地吐出完整的句子：「妳怎麼會勾、勾搭……我是說，妳怎麼會跟那個人湊在一起？」

小翠委委屈屈地摀著臉皮答道：「官方下禮拜開始舉辦新的限時活動，活動期間內結婚，就會送福祿壽三仙加持過的戒指，我想要可以增加財運的『祿戒』，所以才要結婚。」

「我的意思是……妳不是還有妳的靖哥哥嗎？」鳳朝陽什麼的，太驚悚了，那不是我們刷得起的副本啊！

「什麼靖哥哥？」小翠撇撇嘴，「我早就不喜歡他了，人家現在喜歡的是……」

小翠說到一半忽然住了口，撂下一句：「我才不告訴小姐呢！」

我也不想知道，我只想知道妳是怎麼跟鳳朝陽勾搭上的！

滿月故作正經地咳了兩聲，「等妳想說的時候再說，倒是那個……為什麼跟妳結婚的人會是鳳朝陽？」為什麼鳳朝陽那種高富帥會紆尊降貴看上妳這朵圓仔花？難道他是為了拯救其他男人不被妳荼毒，只好犧牲小我，成全廣大的男性同胞？

呸！那種孔雀男才不可能有這麼高大上的情操！

「因為他也想要祿戒啊！」小翠理所當然地說道。

「……那，那麼多女人，他怎麼會偏偏看中妳？」滿月見小翠領略不到自己的意思，只好挑明了問。

「哦，我在中央廣場看公告的時候，他剛好站在我旁邊。我看他好像也想要戒指，就問他要不要跟我結婚好拿戒指。」小翠的語氣平和得好像在說今天天氣很好一樣。

面對眾玩家口中的「四大天王」還能這麼若無其事的人，小翠大概是獨一份了。

「他答應了？」滿月極為震驚。

「是啊！」

滿月眨了眨眼睛，嘴巴張了許久都說不出話來。

整個世界突然玄幻了。

鳳朝陽同志，你被穿越了嗎？

為什麼路邊隨便一個女人問你要不要結婚，你二話不說就把自己賣了？

你那大神專屬的高端大氣上檔次哪裡去了？

把我的少女心還給我啊！

滿月深深吸了一口氣，從玄幻的世界回到現實生活中，「既然是妳主動的，妳幹麼還那麼鬱卒？」大神都被妳釣到了，妳這輩子可以圓滿了！

小翠鄙視地睨了自家小姐一眼，義正辭嚴地指責：「雖然我是小姐的奴婢，可奴婢也是有奴婢的尊嚴和節操的，任何時候小翠都是把忠心擺在第一位，小姐太瞧不起人了！」

所以？我還是不懂妳為什麼不高興啊！

滿月還沒來得及開口，小翠畫風陡然一變，撲向滿月，抱著她的大腿，說眼淚就來眼淚，哭得撕心裂肺，嚇了滿月一大跳。

「小姐，妳要救救小翠啊，小翠不想被姑爺大卸八塊拖到荒郊野外餵狗還沒人收屍，小翠不想被姑爺灰飛煙滅！小翠一向對小姐忠心耿耿沒有二心，就算小姐長得醜又很窮，連小強從小姐腳邊爬過也不想停下來，小翠還是堅定不移地站在小姐這邊，絕對不容許別人說小姐不好聽的話，哪怕是罵小姐醜也不行，雖然這是事實……（以下省略五百字）」

滿月：「……」妳都要出嫁了，還是不肯放過我嗎？

聽了小翠一長串的「表忠心」，滿月才聽明白，原來小翠以為自己若是跟鳳朝陽結婚，蕭颯就會滅了小翠，因為四大天王彼此之間是對立的。

滿月好不容易找到小翠換氣的縫隙，連忙插話道：「妳想多了，妳家姑爺才不是那種不通情理的人，他絕對不會動妳一根頭髮！」他才沒空理妳呢！

「真的？」

「真的！」

「小姐保證？」

「我保證！」

「小姐敢拿自己的名譽做保證嗎？」

「我拿自己的名譽保證，保證妳絕對沒事！」

「真的？」小翠抹抹眼淚。

「真的！」滿月篤定地點頭。

「那小姐敢拿自己的臉保證嗎？如果小姐騙人，這輩子……不，不止這輩子，下輩子和下下輩子都會長這麼醜，長這麼胖！」

「……」所以說，妳都要出嫁了，真的不考慮放過我嗎？

滿月再三保證蕭颯不會動小翠一根手指，小翠才半信半疑地勉強接受，只是那懷疑的小眼神，讓滿月的牙齒磨了又磨，小拳頭捏了又捏。

鬆了一口氣的小翠，再次充滿了幹勁，「小姐，妳放心，小翠是絕對絕對不會背叛小姐和姑爺的。小姐那小身板雖然打不過小翠，但小翠很怕不知道為什麼會看上小姐的姑爺，所以，小翠就算跟鳳朝陽那個色狼結婚，小翠的心還是在小姐和姑爺這裡！」

「……」為啥妳的話裡有那麼多贅字？我才想知道鳳朝陽那尊大神為什麼會看上妳咧！

「小姐，偷偷告訴妳喔！」小翠忽然壓低聲音，湊了過來，「其實我跟鳳朝陽結婚還有一個目的，這是我想了很久才想出來的『計中計』！」

小翠神情頗為得意。

「計中計？」

「是啊，我打聽到鳳朝陽他們公會的金庫裡有好多錢，聽說都是鳳朝陽在賭坊裡贏來的，等我變成鳳朝陽的老婆，就能自由出入旭天盟的金庫，到時候，嘿嘿……」小翠猛地直起身，凜然說道：「小姐，妳等著，我一定會搬很多很多銀子回來，這樣妳就有錢整型了！」

望著小翠拎著裙子，精神抖擻跑出客棧的背影，滿月目瞪口呆。

小翠啊，我保證妳家姑爺不會把妳灰飛煙滅，但是不保證鳳朝陽不會把妳灰飛煙滅啊！

尾聲

為了妳，我樂意

「小翠要和鳳朝陽結婚？」蕭颯似乎一點都不意外，態度一如既往的平淡。

滿月小心翼翼地觀察蕭颯的臉色，確定他真的沒有生氣，才安心地接著說道：「聽小翠說是官方的限定活動，在活動期間內結婚，就可以拿到福祿壽三仙送的戒指。」

「嗯。」蕭颯點頭，沒有追問。

「你不覺得奇怪嗎？鳳朝陽怎麼會答應小翠……」

鳳朝陽耶！

東有旭日，西飄雪；南見風雨，北驚雷。

男玩家們仰望，女玩家們渴望，四大天王中的大神，怎麼就看上了小翠呢？

如果小翠在旁邊，肯定會說：「姑爺還不是栽在小姐手裡了！」

「鳳朝陽的想法本來就很奇怪。」蕭颯無所謂地應道，卻是一句話削了兩個人。

滿月掩嘴偷笑，蕭颯說的對，鳳朝陽是怪人，小翠就某方面而言，也是無敵的存在。

倒是跟著蕭颯過來客棧等她的谷輕塵，聽到小翠要和鳳朝陽結婚，眼睛瞪得大大的，久久才吐出一句：「小翠跟鳳朝陽有仇嗎？不然怎麼想到要去禍害旭日盟了？」

滿月聽出端倪，有些疑惑地問道：「你們跟旭日盟不是敵對的嗎？」怎麼好像擔心起敵人來了？怎麼樣也應該擔心我家小翠吧？

雖然小翠那張嘴幾乎無人能敵……

「不算是。」谷輕塵故作瀟灑地甩了一下摺扇，「有需要的時候，我們會和旭日盟合作，平時頂多是井水不犯河水。鳳朝陽不是震天雷，不是那種愛挑事的人。」

「那，小翠和鳳朝陽結婚，會不會讓你們為難？」滿月問道。小翠畢竟是她的人。

「這倒不會，而且我們準備再和旭日盟合作一次。上次副本沒打過，這次有眉目了，打算捲土重來。」谷輕塵說到這裡停住，沒再往下說，只瞅著滿月。

滿月果然順勢問道：「打哪個副本？」

「九重天。」

「哦。」打吧打吧，反正不是她打！

可是，過了好一會兒，都沒人說話，一抬頭，就見蕭颯和谷輕塵都在看她。

滿月心裡咯噔一下，生出一股不祥的預感。

「怎、怎麼了？」

谷輕塵不說話了，轉而看向蕭颯。

蕭颯會意地說道：「上次妳得到的九重天的地圖，上面雖然有標示一至三層的怪物分布和陷阱機關，可是經過我們實際闖關測試，有七成是對了，但是有三成的隱藏陷阱無法觸發。」

「然後？」

「隱藏陷阱沒有觸發完全，就無法進入下一層。我們派了很多人用各種方式挑戰，都失敗了。後來，才會又決定和旭日盟再次合作，集中火力，只是……」

「只是？」

「只是，我推測，想要踩完所有的隱藏陷阱，這張地圖的主人，也就是得到這張地圖的人必須同行，才能夠成功。」

「……」

「……」

「……我能不去嗎？」滿月艱難地問道。

她是被九重天詛咒了嗎？

「可以。」意外地，蕭颯繞了一圈，竟然毫不猶豫地同意。

滿月很驚訝，以為蕭颯是要來說服她的。

「老大……」谷輕塵急道。

蕭颯冷冷地瞥他一眼，谷輕塵立刻縮了回去。

「我不去，真的沒關係？」滿月擔心地問道。

「嗯。」蕭颯嘴角微揚，親暱地用手指撫了一下她的臉頰，「妳不想去就別去。」話語裡飽含寵溺之意。

谷輕塵翻了翻白眼，乾脆站起身，一邊用摺扇擊著手心，一邊搖著頭踱出去，嘴裡還咕噥道：「英雄難過美人關，英雄難過美人關啊……」

滿月直直地看著蕭颯，有些不安地確認道：「真的可以？」

「有我呢！也不一定只有這個方法，不然那些沒地圖的人怎麼辦？」蕭颯柔聲解釋道，還安撫地揉了揉她的頭，「別怕，妳想怎麼做就怎麼做，沒人能勉強妳。」

滿月低下頭，不知道在想什麼，蕭颯也沒催她，只是坐在旁邊，慢條斯理地喝著茶，既悠閒又愜意，彷彿真的完全不在意滿月的決定。

只思索了一下，滿月隨即又抬起頭，堅定地道：「我去！」為了你，我去！

蕭颯的表情沒有因為滿月的回轉心意而改變，依然是那句：「妳想怎麼做就怎麼做，沒人能勉強妳。」有我在，沒有任何人能勉強妳做不喜歡的事，也不用為了我而勉強妳自己！

「我是自己想去的。」為了你，我樂意！

「好。」蕭颯含笑。

「我不擔心，有你呢！」

「是，有我。」

「那我再去找小翠，把她的『珍藏』都搶過來，你知道嗎？她又去常大夫那裡弄到了很多『好東西』，比那個什麼陰陽合歡散、金槍不倒藥都厲害多了。小翠怕我搜刮走，還偷偷瞞著我去補貨好幾次，卻被小棒槌撞見，小棒槌都告訴我啦！」滿月極是得意，小下巴揚得老高。

蕭颯靜靜地聽著滿月滔滔不絕，眼眸溫柔至極。

「滿月。」

「嗯？」

「有我在，我會用命護妳周全。」

（全文完）

番外篇
閒話日常

小棒槌的一天是這樣的。

早上七點起床，刷牙、洗臉，乖乖吃完早餐，然後跟著媽媽到公園散步遛狗。在這段悠閒的時光裡，小棒槌的媽媽會趁機旁敲側擊小棒槌在遊戲裡做的事、交的朋友等等，藉此了解小棒槌的智能發展狀況。

雖然她會定期帶小棒槌去看醫生做檢查，但還是希望他能藉著與人自然的互動，慢慢培養訓練各種生活所需的應對進退。後來，在弟弟的建議下，她買了遊戲機，讓小棒槌開始玩全息網遊。

最初不抱期待，可是很快的，她就發現小棒槌的笑臉變多了，說話越來越流暢，口齒越來越清晰，連帶的理解力也大幅提高。

她不懂網路遊戲，但很欣見小棒槌的情況有所好轉。

不過，為了不讓小棒槌沉迷其中，畢竟網路並非現實，不能讓智能尚未發展健全的小棒槌分不清兩者的差異，於是，她規定了他玩遊戲的時間不能過長。早上十點登入遊戲，中午十二點半必須登出。等吃完飯，睡完午覺，做完醫生交代的訓練功課，才能再登入遊戲。

下午五點半時必須登出遊戲，晚上只能玩到八點半。

雖然有自己的弟弟在遊戲裡盯著，但小棒槌的母親還是不讓小棒槌耗太多時間在裡面。

小棒槌母親的弟弟，就是黑到不行客棧的大掌櫃，他盯小棒槌也盯得很緊，畢竟姊姊只有這麼一個寶貝疙瘩，再加上又是自己的親外甥，不疼不護不行啊！

2

黑到不行客棧的大掌櫃，其實是個成熟的美男子，只是眼中總是迸射精明犀利的光芒，讓人第一眼不會立刻注意到他的長相，而會被他那雙彷彿能洞悉人心的利眼所懾。

他的興趣是數錢，嗜好是存錢，專長是愛錢。

不過，自從聘用滿月當他客棧的店小二之後，他的興趣、嗜好和專長分別多了一項，那就是扣錢、扣錢和扣錢——這都要感謝最愛把自己跟自家小姐一體去的小翠。

天不怕地不怕的小翠，對自家小姐一向是「有話直說」，對自己的頂頭上司杜清月，也是想到什麼就說什麼，都不必過腦子轉三圈的。

可是，她有一個最怕的人，那就是黑到不行客棧的大掌櫃。

雖然大掌櫃總是笑咪咪的，訓人的時候也是溫和地說著恐嚇的話，怎麼也看不出半分狠勁，但野性的本能就是讓小翠只要一見到大掌櫃，就會不自覺地縮脖子。

然而，野性的本能也讓小翠即使是縮脖子，說話還是不過腦子。

於是，黑到不行客棧常見的風景之一就是，大掌櫃拎著小翠和小棒槌的衣領到沒人注意到的角落，喋喋不休地對兩人進行一句話說一百二十遍的洗腦轟炸。

是的，大掌櫃是個標準的話癆。

「喂，你叫什麼名字呀？」

小棒槌在小溪邊撿石頭，看到有個小男孩蹲在水邊，眼睛盯著清澈的溪水，久久不動。

沿著不長的小溪來回撿了三輪，小棒槌淘到了不少奇形怪狀、顏色各異的石頭，寶貝似的裝到大掌櫃特別幫他準備的竹囊裡，待撿完了，就可以背回去。

小棒槌注意到小男孩大半天都沒動彈，糾結著要不要過去。

他在遊戲裡還沒朋友呢，好不容易遇見一個小夥伴，他實在很想很想跟他說說話，可是又牢牢記著舅舅告誡他不准跟陌生人說話，一時間，愁得來回踱步。

只是每踱一圈，就往那小男孩的方向近了一步。

最後不知踱了幾圈，終於來到小男孩的後面。

小棒槌默默告訴自己：不能跟陌生人說話……

默念幾次後，他也跟著蹲下來，對那個小男孩問道：「喂，你叫什麼名字呀？」

舅舅說不能跟陌生人說話，那我只要知道他的名字，那就不算是陌生人了！

小棒槌覺得自己很聰明，能夠「舉一反三」。

舉一反三是他最近剛學到的新名詞。

小男孩沒有說自己的名字，反而說道：「你看，我發現這裡有一個蝌蚪的窩耶！這些蝌蚪都往這個小洞游，這一定是牠們的家。」

小棒槌急了，你怎麼不說你的名字呢？我不能跟陌生人說話啊！

「你叫什麼名字呀？」小棒槌又問。

「噓，小聲一點，你太大聲，牠們會跑掉！」

小棒槌急得滿頭大汗，還是那句：「你叫什麼名字呀？」倒是聲音小了一點。

「我叫悠葉。」

呼！小棒槌鬆了一口氣。

「我叫小棒槌。」小棒槌開心地笑了。

5

「悠葉，小黃怎麼了？」小棒槌看著體型中等的黃毛狗頻頻蹭著悠葉的腳，有些擔心地問道：「是不是生病了？」

小黃是悠葉某一天在郊外發現的土狗，當時牠中了玩家設的陷阱，後腿被捕獸夾緊緊夾住，流了好多血，哀鳴聲不斷。

路過的悠葉見牠可憐，就把牠救了下來。

悠葉不知道的是，這隻土狗其實是稀有神獸嘯天犬未進化的原始雛獸狀態。

整個伺服器裡的稀有神獸僅有十隻，嘯天犬是武力值排名前三的，可惜被跟小棒槌同樣是來打醬油的悠葉撿到，還當普通的土狗養了。

「不是，我有問過寵物店的哥哥，那個哥哥說小黃是在發情。」

「什麼是發情？」小棒槌一臉茫然。

悠葉誠實地搖頭，「我也不知道，大概就是很黏人的意思。」想了一下，又說道：「寵物店的哥哥還說，小黃發情的時候，就是可以交配了。」

「什麼是交配？」小棒槌繼續茫然。

「不知道。」悠葉有點沮喪，「我也聽不懂，寵物店的哥哥說得太難了。」

根據遊戲的設定，雛獸也具有生育力，只是交配產下的寵物蛋並不能孵化，而是要拿來餵食雛獸，能轉化為雛獸自身成長的能源之一。

6

「小棒槌，你過來。」大掌櫃招招手。

小棒槌蹦蹦跳跳地跑過去，仰著小臉，高興地叫道：「舅舅！」

大掌櫃笑咪咪地指著一個站在旁邊，個頭嬌小的女生，「小棒槌，這是今天新來的店小二，以後就是你的工作夥伴了。」頓了頓，又說道：「也可以當你的玩伴。」

那個小女生愣了一下，對大掌櫃投去疑惑的目光：合約裡好像沒這條啊！

「陪小棒槌玩的時間，薪水翻倍。」大掌櫃輕飄飄地來了這麼一句。

小女生的眼睛一亮，精神振奮地握起了小拳頭，中氣十足地應道：「大掌櫃一句話，小女子絕對使命必達！」說著，轉向小棒槌，笑容滿面地說道：「你好，我叫滿月。」

7

「滿月，妳灌錯洞了啦，剛才那個洞的蟋蟀已經跑掉了！」小棒槌小聲叫道。

「咦，是嗎？」滿月撓撓頭，「抱歉啊，人有失手，馬有失蹄嘛！就算是人稱『灌肚猴女神』的我，也是有不小心失手的時候，等等啊，我換另一個洞！」

滿月拿著水瓶，就著蹲姿挪啊挪，挪到了左前方一個凹陷的小黑洞。

「奇怪，這個洞怎麼這麼大，跟別的洞都不一樣，該不會是……」滿月嘿嘿奸笑，「該不會是蟋蟀王和牠的後宮住的地方吧？好，我就換個特大號的瓶子跟你們拚了！」

說著，抄起腳邊一個五公升的水瓶就往洞裡灌下去。

「滿月，妳又灌錯了啦！」小棒槌急得跳腳，「那個是蛇洞！」

滿月：「……」臥槽！

8

使命必達什麼的，真不是人幹的工作！

滿月又一次灌錯洞，終於驚動了十來條小蛇。

就像受到詛咒的尼羅河女兒一樣，小蛇們對妨礙牠們睡眠的人，擺動起了死亡的翅膀。

真是可惜啊，明明從背影來看，應該是個小美女才對，竟然像隻野猴子。
可惜，實在太可惜了，幫老大準備的群芳冊裡又少了一位！

10

方曉妮高職畢業後，就在透過介紹，在杜清月的「先鋒雜誌社」工作，頭銜是「行政助理」。
其實就是個端茶跑腿、影印打掃的小妹，因為認真勤快，所以公司裡的同事對她都非常和善，也喜歡請她幫忙瑣事。
「紀哥，這是你要的半糖綠茶。」方曉妮甜甜一笑。
「謝了，小妮子。」紀文祐微笑。
因為方曉妮反應機靈，平時又很活潑，因此紀文祐幫她取了一個綽號，叫做「小妮子」。
這個綽號叫起來順口又詼諧，久而久之，就這麼傳開了。
後來，連雜誌社的鐵娘子杜清月也這麼叫她。

有一天，方曉妮被杜清月叫到辦公室去。

「小妮子，我有一個很重要的任務要交給妳。」杜清月嚴肅地說道。

「是，杜姊有令，小妮子使命必達！」方曉妮迅速端正站姿。

「妳有玩過網路遊戲嗎？」杜清月天外飛來一筆。

「啊？」方曉妮微愣，立刻反應過來，「報告杜姊，念書的時候有玩過，可是自從進了咱們公司之後，我就戒除了這個會影響工作效率的興趣。我告訴自己要勤勞務實，不可耽於享樂，二十二世紀的新時代好青年應該以事業為己任，舉凡是會消磨意志的玩樂行為，都是要大力譴責的……（以下省略八百字）」

「小妮子！」杜清月無奈插話，以免方曉妮沈溺在自己的雄心壯志之中，「妳明天不用來公司了！」

方曉妮大驚，眼淚鼻涕眼看著就要橫飛，劈里啪啦又說道：「杜姊，我做錯了什麼嗎？除了昨天下午我不小心把幫廁所的水龍頭弄壞，前天不小心把茶水間的一個杯子打破，大前天不小心忘了倒垃圾，大大前天晚了三分鐘到公司……（以下省略五百字）……我真的沒有犯什麼錯啊！杜姊，請妳再給我一次機會，我上有八十歲老母，下有八歲的弟弟待養……（以下省略八百字）」

「小妮子，聽我說。」杜清月又一次打斷小妮子，「我不是要開除妳，而是要妳從明天開始去玩一個叫做《天泣 online》的全息網遊。我妹妹正在玩那個遊戲，我不放心她，需要妳在旁邊看著她。萬一她有什麼事，妳要隨時告訴我。」

「玩網路遊戲？」

「對。」

「杜姊不是要開除我？」

「對。」

「那……薪水照發？」

「照發。」

方曉妮鬆了一口氣，下一秒又端出笑臉，「我就知道杜姊沒那麼不近人情，雖然大家都叫妳『鐵娘子』，可是我一向知道杜姊的心地比長相好多了。」

杜清月：「……」後面那句是多餘的！

「杜姊，妳放心，我絕對會看好小小姐，從明天開始，我就二十四小時貼身保護她，就連小小姐去廁所大便也不離開她半步，我會站在她旁邊遞衛生紙，杜姊不用擔心有人會趁這個時候對小小姐不利！」方曉妮拍胸脯。

杜清月：「……」不必做到這個地步啦，我沒打算逼死自己的妹妹！

11

玩過不少網路遊戲的方曉妮，很熟練地開始創角。

因為《天泣 online》是擬真型的網玩，設定十分逼真，性別、外貌都不能變更，所以只需要設定少數基本資料就好。

首先是 ID。

方曉妮思索了一下，很快就決定用「小翠」這個名字。

想要全天候跟在小小姐身邊，最適合的身分就是當個貼身丫鬟。

小翠這個名字十足十就是個丫鬟的名字。

嗯，就是它了！

至於職業……

要能隨時為人民……不是，為小小姐服務，那速度就得要很敏捷才行。

一眼掃過遊戲說明，基礎速度最快的職業是「盜賊」。

於是，小翠用了六分鐘護一生……不對，是用了六秒鐘決定要保護小小姐的戰鬥職業。

雖然後來她從未解過任何盜賊的相關任務。

12

「姑娘，請留步。」

小翠正滿大街亂竄，尋找她家小小姐，行色匆匆，完全沒察覺到有人在叫她。

喊她的人一開始還挺斯文平和的，見小翠視線左右亂瞟，像是在找人似的，連忙又喚了幾聲。無奈周遭來往的玩家太多，熙熙攘攘，呼喚聲一下子就淹沒在人群中。

那人急了，忘了矜持，霍地站了起來，高聲大喊：「那位穿翠綠衫子的姑娘請留步……對，說的就是妳，不要看別人……也不要看妳旁邊的人，他是男的，不是姑娘，雖然長得像女人……看後面那個人妖做什麼？不要以為他穿裙子我就認不出來他是男人……喂喂，妳別亂掀人家的裙子啊！」

在這人差點犯眾怒被圍毆之前，小翠終於確定對方是在叫自己。撥開人群，小翠來到一個長相清秀儒雅的男生面前，「是你在叫我嗎？」

黃半仙擦了擦額角的冷汗，哭喪著臉，「對，是我在叫妳！」姑娘，妳簡直就是個移動式的人間凶器啊！

13

「你是算命師？」小翠驚訝。

「是，這條街上無人不知無人不曉，在下黃半仙是也。」

小翠狐疑地拉過旁邊經過的一個中年女玩家，指著黃半仙問道：「妳認識他嗎？」

女玩家皺眉，「不認識！」說完就轉身離去。

小翠不死心，又拉了一個剛走過去又被抓回來的年輕男玩家，指著黃半仙問道：「他很有名耶，聽說這條街上無人不知無人不曉，你認識他嗎？」

「不認識！我趕時間，別拉著我！」男玩家不耐煩地揮揮手，大步離開。

看著小翠拉了一個又一個人指著他問認不認識，黃半仙嘴角狂抽。

最後，小翠終於轉身，又是那一臉狐疑的模樣，「你真的是算命師？沒人認識你啊！」

黃半仙：「……」

14

所謂：「卦不算己。」

黃半仙深深感慨著先哲的大智慧。

可不是嗎？

他從未算到自己有遇到奇葩的一天。

15

「抽一支籤。」黃半仙遞給小翠一個裝了很多支竹籤的籤筒。

「要錢嗎？」

「……」

小翠在錢袋裡掏啊掏，只掏出了系統派發給新手的十個銅板，「十文夠嗎？」想了想，自己也要留一點，又收回了五文錢，「五文夠嗎？」

頂著小翠那雙明顯希望他回答免費的熱切視線，黃半仙抹著汗說道：「有道是卦不走空，在下不能免費解卦，否則洩漏天機的在下會受到因果報業……」看著小翠那快燒灼起來的視線，他又硬著頭皮繼續道：「不用太多也沒關係……」

話音未落，小翠飛快地又收回四文錢，白嫩的掌心中只剩一枚銅板，「不害你不害你，給你一文錢，這樣你就不用受到報應了！」說完，還昂著頭，一副「不用太感謝本姑娘」的表情。

黃半仙看著那枚銅板，默默地垂下了頭。

「你能算出下一期樂透要開的明牌嗎？」

「我很好奇第四次大戰會不會開打，你能不能算一下？」

「聽說前幾天媒體爆料那個姓陳的偶像歌手把一個女粉絲的肚子搞大了，這是不是真的，你能算得出來嗎？」

「對了，世界上到底有沒有『好兄弟』啊，你能算算嗎？」

「唉，我有好多煩惱，不知道以後我會有幾個孩子，現在養孩子好困難啊，不知道要存多少錢才夠，你幫我算一下好嗎？」

「不對，我現在連男朋友都沒有，好像應該算一下什麼時候會有桃花運……」

「可是下個月的總統選舉也很重要，不知道誰會當選，雖然沒有一個好東西……你覺得會是誰呢？要不然，你來算一下好了，可是這就不能算錢哦，當作是你自己想算的！」

「誒，你叫黃半仙，是姓黃名半仙嗎？」

「我叫小翠，我覺得這個名字跟我挺相配的，你幫我算看看跟我家小小姐合不合好不好？我家小小姐叫滿月，圓圓的月亮，雖然比我差了一點，但是也算不錯了。」

「對了，我想找我家小小姐，你知道她在哪裡嗎？你不是算命師，應該什麼都知道，幫我算一下要去哪裡找她好嗎？」

……

……

「對了，我只付一文錢，能問幾個問題啊？」

看著小翠那張一個小時沒停過的嘴，黃半仙沉默了。

17

「咦，你怎麼知道我的名字？」

「……」妳剛才自己說的。

「你竟然知道我家小小姐叫滿月！」

「……」這個妳剛才也有說。

「什麼，你還知道我沒有男朋友？」小翠很震驚，摸了摸自己的臉，「難道是看面相？」

「……」不是，這是妳自己說的。

「好厲害啊！我以為算命師都是在招搖撞騙的，如果能算得那麼準，早就發財了，哪還會在路邊擺攤幫人家算命，以前我還常常詛咒算命師絕子絕孫呢！」小翠很是感嘆，「遇到你我才知道，原來我錯了！」

「……」絕子絕孫……

「我現在相信算命師了，那我剛才問的樂透明牌，你幫忙算算吧，到時候分你……」小翠十分豪氣地伸出一根手指，「一千……不不，一萬塊！」

「……」其實我不太想要……

18

從此以後，這個遊戲改名叫做「黃半仙 online」……

……這當然是不可能的。

從此以後，小翠就成了黃半仙忠實又虔誠的信徒，舉凡有任何問題，就會往黃半仙的攤子跑，還不忘帶一枚銅板過來。

「黃半仙，我最近喜歡上一個人了，可是……」小翠苦著臉，「你能不能幫我算一下，我跟他會不會有結果？」

黃半仙瞄了小翠一眼，淡然道：「卦不敢算盡，畏天道無常。情不敢至深，恐大夢一場。」

小翠聽得愣愣的，過了大半天才說道：「這句話好像在哪裡聽過……」

黃半仙：「……」

19

又有一天，小翠再次苦著臉跑來找黃半仙。

「黃半仙，我好像喜歡上了一個人……」

「妳之前說過了。」

「我已經不喜歡靖哥哥了，我喜歡上別人了。」

「哦。」黃半仙依然是老話一句：「卦不敢算盡，畏天道無常。情不敢至深，恐大夢一場。」想到什麼似的，又補充道：「這句話是我偶然看到的，不過很切合姑娘之意。」

小翠囁嚅半天，低頭扭著裙角。

黃半仙很難得看到神經大條的小翠羞澀的模樣，感覺有點新鮮。

小翠忸捏了半天，才小小聲說道：「人家……人家好像喜歡上你了！」

啪！

黃半仙手上的籤筒猛地掉落。

20

時序往回推。

「天煞孤星？」黃半仙瞄了小翠一眼，「確實有這種說法。在命理學中，所謂的天煞孤星，是一種絕命命格，亦即劫煞加孤辰寡宿，隔角星疊加，若是臨陰陽差錯，更是刑剋得厲害。即便有貴人解星，也是無可奈何。」

黃半仙說得興趣，搖頭晃腦起來，「古詩訣有云：『劫孤二煞怕同辰，隔角雙來便見迍，丑合見寅辰見巳，戌人逢亥未逢申。初年必主家豪富，中主賣田刑及身，喪子喪妻還剋父，日時雙湊不由人。』」

見小翠聽得一臉迷糊，黃半仙無奈，只好自動翻譯：「總而言之，天煞者，剋也；孤星者，孤也。天煞孤星降臨，孤剋六親死八方。」

隨著黃半仙的解釋，小翠眼睛越睜越大，「所以風雨瀟瀟不止剋妻剋子剋父剋母，還會剋人家祖宗十八代？」

「風雨瀟瀟是誰？」

小翠滿腦子都是她家小小姐有危險，沒聽進去黃半仙的問話，沉浸在自己的思緒中，忽然又沒頭沒腦地問了一句：「天煞孤星這麼『厲害』，是不是連小強也剋得死啊？」

黃半仙噎住，一時答不出話來。

他實在搞不懂小翠的邏輯啊！

「那種馬在命理學中又要怎麼解釋？」

黃半仙：「……」師父，請您大顯神通，救救您的徒兒吧……

21

在黃半仙知道風雨瀟瀟是何許人也之前，大街小巷已經開始流傳起他鐵口直斷風雨瀟瀟是天煞孤星的事。

黃半仙：「……」小翠姑娘，還請高抬貴手，放在下一馬吧！

22

「查到了？」

「嗯。」傾城公子皺著眉頭，「你記不記得你第二個未婚妻？」

「不記得。」風雨瀟瀟答得乾脆，毫不猶豫。

之前他的幾次議親，都是會了公會利益而聯姻，哪個女人對他而言都沒意義，他甚至連她們的名字和長相都沒記住。

「她就是散布你是天煞孤星的幕後主使。」

「為了什麼？」

「由愛生恨唄！」傾城公子曖昧地瞥了風雨瀟瀟一眼，「女人瘋狂起來的破壞力，可不能小看啊！她不知道答應了北方的新公會『天使之森』什麼條件，那個公會的人暗中推波助瀾，你的名頭就壓響噹噹囉！」

「天使之森？」

「聽說天使之森背後有金主，雖然沒什麼精英，但是有錢能使鬼推磨，倒是雇到了不少高手，我們要不要派人去砍他們全家？」

「再說吧，至少等到我和滿月的婚禮過後。」

23

諸神黃昏公會的公會長風雨瀟瀟又要結婚了！

這已經是第八回了，所以全公會的成員都很淡定，只有會長的好基……咳，好朋友傾城公子非常熱情，甚至第八次動員了所有人一起練習迎接新嫂子的口號。

基本上，大部分的人還是很期待迎來當家主母——希望會長有了老婆的溫暖之後，能夠不再整天冰封著一張臉，不再整天要人去做變態任務，做著做著，真的很會變態呀！

不過，不開心的人還是有的。

「魅兒，妳怎麼啦？是不是有什麼煩心事？」有人拍了拍雪魅兒的肩膀。

雪魅兒是四大護法之一，也是四大護法中唯一的女性。

沒人知道她暗戀會長已久，每次聽到會長要結婚的消息，她就心痛一次。

「沒事，只是在想等一下要攻略的副本。」雪魅兒勉強笑了笑。

「妳真是太認真了，會長有妳這麼好的夥伴，可以瞑目……呸呸呸，是可以安心了！」

雪魅兒低頭苦笑。

她想，她有耐心，耐心等到會長的第八任未婚妻也步上前面七位的後塵，然後她就……正式告白。

24

「一線天？」刃無名語氣平淡地確認。

「對。」

「好，我去。」

「這麼乾脆？」傾城公子挑眉。

「沒打過。」

「不問報酬？」

「風雨瀟瀟敢對我開口，報酬不可能低。」

「那倒是。」傾城公子摸摸鼻子。

25

「一線天？」孟九少似笑非笑。

「呸！少裝模作樣！」傾城公子沒好氣。

「誰裝模作樣了？」孟九少不滿地撥了撥瀏海。

「得了，咱倆誰不知道誰是什麼德性，端著有意思嗎？」

「嘖！」孟九少甩頭，「不去！」

「真不去？」傾城公子學他的似笑非笑。

「不去！本少爺是有原則的人，說不去就不去！」

「哦。」傾城公子無所謂地應了一聲，乾脆地轉身就走。

「喂，等一下！」孟九少追了上去，「你就這麼走了？」

「不然呢？」

「你就不能多說兩句嗎？」

「嘖！」傾城公子甩頭，「我才不跟有原則的人說話！」

26

「……」

「……」

「……」

啪！

傾城公子的神經斷裂。

「去不去，你好歹說一聲啊！」

伍一被傾城公子突如其來的怒氣嚇得縮了縮脖子。

還是不吭聲。

「喂，不開口就點頭或搖頭啊！」傾城公子揮了揮摺扇，恐嚇道。

見伍一想搖頭，傾城公子立刻又警告道：「敢搖頭就讓老大來收拾你喔！」

伍一只好委委屈屈地點頭，像個小媳婦般縮到角落。

從頭到尾沒吭過半聲。

27

「妳為什麼回來？」

很久以後的某一天，滿月和蕭颯聊起幾個人一起攻略一線天的事。

「我只是覺得不能丟下你一個人，不然我們可能再也不能見面了。」滿月努力回想了一下，老實地說道：「雖然我回去也幫不了什麼忙，可是兩個人在一起肯定能有辦法。」

蕭颯笑了笑。

「你以後不准放我一個人了！」滿月忽然板起臉。

「好。」蕭颯頓了頓，又補了一句：「以後再也不分開。」

28

當時，他是有把握打敗旱魃的，只是需要以命換命。

不想讓滿月看到自己倒下的模樣，所以要她先走。

可是在旱魃的爪子穿透他的腹部，幾乎令他暈厥的劇痛襲來之際，他忽然想再看看她的小模樣。然後，就看見她回來了。

他強迫自己在劇大的痛苦中對她微笑。

只是，白光濛濛，不知道她看到了嗎？

那時候，腦中瞬間閃過一個念頭：他好像比自己想像中的更喜歡她了！

29

幾天不見，他真的想念她了。

其實如果真的要查，他是能查到她現實生活中的身分的，想要找到她也不難。

但是，太快了。

他和她還需要時間相處，他不想嚇到她。

他隱忍著思念，為了籃球比賽而進行的高強度訓練，正好可以讓他分心。

好不那麼想念她，想念她那可愛的小模樣。

卻沒想到，竟然會在籃球場上遇見她。

看著她愣愣地掀開他的球衣，擔憂之情溢於言表，他對她的想念悄悄融化了。

化成了一滴又一滴的水珠，滴落在他的心湖裡。

盪起了一圈圈的漣漪。

30

風颯颯兮木蕭蕭，思佳人兮徒離憂。

我的女孩，記住了，我的名字叫做蕭颯。

31

顏子淵？

蕭颯不喜歡他。

雖然他極力掩飾，但還是能看得出他對滿月有一絲好奇……或者說是好感。

他的女孩，誰都不能覬覦。

九重天對戰過後許久，蕭颯和顏子淵又在一次高難度的副本中遇見。

不過，這次兩人不是敵手，雙方人馬還暫時組團刷隱藏 BOSS。

攻克副本之後，顏子淵忽然沒頭沒腦地問蕭颯：「你對她是認真的吧？」

蕭颯點頭。

後來，滿月在遊戲裡再也沒遇見過顏子淵。

畢竟生活職業和戰鬥職業的玩家交集確實較少，如果對方又刻意避開的話。

32

雪落無聲生平無大志，只求有一張充滿男子氣概的臉。

偏偏事與願違，只有一張豔冠群芳的絕色容顏，走在路上的回頭率高達百分之兩百。

可是與他那張臉不相符的是，他其實是跆拳道高手，身懷硬底子功夫，想「調戲」他的人，不是被他的保鑣揍得鼻青臉腫，就是被他踢得鼻青臉腫。

雪落無聲那位財大氣粗的父親，倒是很自傲自己的孩子長得漂亮，但又擔心他被人欺負，故而特意配了數十名保鑣給他，明裡暗裡保護他。

雪落無聲才不是那種任人欺辱的小白兔，怎麼可能乖乖接受父親的安排？

然而，反抗未果，因為他雖然打得過一票保鑣——其中當然有保鑣不敢對少爺下狠手的緣故——卻打不贏保鑣們的頭兒，綽號「黑狼」的閻立聲。

閻立聲是從特種部隊退役的，高頭大馬，五官端正，卻隱隱透著濃厚的殺厲之氣。

他的身手是從死人堆裡練出來的，與一般強身健體的武術不同，他的一拳一腳都是殺人的真功夫，被委託保護一個養尊處優的小少爺時，他下意識就想拒絕。

不過，在看到雇主遞到他面前的小少爺的照片後，拒絕的話於舌尖一轉，變成了：「他叫什麼名字？」

「韓氏集團的小公子，韓雪歌。」

「嗯。」

「你……接受委託嗎？」雇主原本不抱希望，以為會被黑狼拒絕。對黑狼這種遊走在死亡邊緣的人來說，保鑣的工作實在太小兒科了，也太瞧不起他了。

若不是韓氏的總裁開出天價的雇傭金，他也不會想碰碰運氣，走這麼一趟。

在雇主忐忑不安的注視下，閻立聲微不可見地點了一下頭，還是簡短地應道：「嗯。」

33

「保鑣？」韓雪歌皺眉，「不需要。」

「我的雇主是韓先生。」閻立聲淡淡地應道。

言下之意，不接受小少爺的「不需要」。

只要他閻立聲要，小少爺就必須「需要他」。

況且……

韓雪歌冷笑，冷不防一腳打斜踢來。

閻立聲面色不變，絲毫沒有被這陡然的變故驚嚇到，輕輕鬆鬆就避開，同時兩三下就把韓雪歌逼退到牆邊，將他嚴嚴實實地壓在壁角。

從外人看來，韓雪歌倒像是被閻立聲攬在胸前。

韓雪歌氣得臉色漲紅，本來就漂亮的臉蛋，此時更像盛綻的罌粟，既妖豔又讓人著迷。

幸好他對面的人是冷硬的黑狼，而不是情竇初開的毛頭小子。

閻立聲依舊面無表情，只是熾烈的眼神洩露了他的心事，此時的他，就像是被挑起了野性的狼王，眸中迸射著嗜血的渴望。

「以後請多指教了，小少爺！」

以後請多指教了，雪歌！

34

「雪歌。」

韓雪歌惡聲惡氣地怒視，「幹麼啦？」

這個保鑣實在是越來越囂張無禮了，不知從何時開始，只要不在人前，就會直呼他的名字，而不是像別人一樣恭敬地喊「小少爺」。

「你該念書了，後天開始是期中考週。」閻立聲淡然地說著跟他氣質不相襯的話。

「呸！我的事不要你管！」韓雪歌惡狠狠地威脅：「你不過是我爸花錢請來的保鑣，除了我的人身安全，我做什麼都跟你沒關係，你少多管閒事，不然我就讓我爸把你解雇！」

可惜完全沒有嚇阻的效果。

頂著那張漂亮的臉蛋說出來的話，半點氣勢都沒有。

更別說是在黑狼面前。

「雪歌。」

「滾！誰讓你直接叫我的名字？」韓雪歌大吼。

閻立聲不說話，只是面色淡漠地看著他。

兩人對視了好一會兒，韓雪歌敗下陣來，坐回書桌前，還故意撂狠話：「明天我就讓我爸開除你！」

在韓雪歌轉過身之後，閻立聲的嘴角細不可察地微微揚起。

35

閻立聲冷冷地看著韓雪歌湊在顏子淵耳邊小聲說著話，覺得拳頭很癢。

很想殺人。

自他待在韓雪歌身邊開始，已經很久很久沒有殺人的慾望了。

韓雪歌被某人冰冷而熾熱的目光盯得渾身不自在。

「你怎麼了？」顏子淵沒注意到閻立聲的視線，只留意到表弟的不對勁。

「沒事！」韓雪歌咬牙敷衍。

36

「你到底想幹什麼？」

回到家，韓雪歌拉閻立聲進房間，對他怒吼。

閻立聲懶懶地掀了掀眼皮，沒應聲。

「說啊，你到底想幹什麼？」

韓雪歌異常煩躁，簡直搞不懂這個莫名其妙的保鏢想做什麼，最近老是用那種吃人的眼神盯著他，彷彿跟他有著深仇大恨似的。

閻立聲還是不說話，目光沉沉地看著他。

韓雪歌怒視回去。

正當兩人僵滯之際，閻立聲忽然平淡地說道：「幹你。」

「啊？」韓雪歌茫然。

37

韓雪歌是標準的異性戀，也是某類人口中的「直男」。

閻立聲也不是同性戀，只不過，對著韓雪歌那張臉，他會產生慾望。

——想壓韓雪歌的慾望。

38

時序推到最早之前。

「老大，有一個全息網遊挺有意思的，要不要來玩玩？」

「好。」

谷輕塵驚訝，他以為會被拒絕，「不開玩笑？」

蕭颯淡淡地瞥了他一眼，「你覺得我很閒？」

「老大，你真的知道什麼是全息網遊嗎？」

「你瞧不起我的智商？」

「當然不是，老大這麼乾脆俐落，不拖泥帶水，更讓小弟我刮目相看了。」

「少拍馬屁。」

「是！」

39

「輕塵，你是不是喜歡小翠？」

正在品茗，俗稱喝茶的谷輕塵，剛吞到喉嚨裡的茶水全嗆了出來。

咳了好半天，才驚悚地看向蕭颯。

「老大，你怎麼會問這種讓人驚嚇的問題？」

得，滿月猜錯了。

「沒什麼。」

谷輕塵疑惑地看著蕭颯，「老大，是不是有人在胡說什麼？」

「你想多了。」

滿月也想多了。

40

「輕塵，你是不是喜歡杜清月？」

天外飛來的一筆，讓谷輕塵的腦袋直接當機。

得，滿月又猜錯了！

「老大……」谷輕塵有些無力。

「沒事，別想太多。」

滿月，妳也是，別胡思亂想了。

41

滿月大學畢業那一天，在謝師宴上乾嘔。

大雅和小雅都以為她吃壞肚子了，還擔心可能是腸胃炎什麼的。

連忙將她送到醫院去，掛腸胃科。

結果檢查沒多久，匆匆轉進婦產科。

檢驗報告出爐，她懷孕兩個多月了。

「搞出人命」的凶手，當然是滿月和蕭颯。

42

杜清月拎著掃帚追打滿月，滿月被蕭颯護在身後。

43

婚禮辦得匆忙但盛大。

男方代表人谷老爺子非常不滿，他家的乖孩子就這樣被拐跑了。

「爺爺，老大明明是拐回來一大一小，買一送二，這筆買賣很划算！」

谷老爺子拿著拐杖追打谷輕塵，平頭特助一如往常地當背景板，沒人護著谷輕塵。

七個多月後，滿月生下了一個白白胖胖的寶寶。

寶寶的名字叫做蕭鋒。

小名……寶寶。

「太普通了！」寶寶的親媽抗議。

「抗議駁回。」寶寶的親爸義正辭嚴地說道：「小小年紀，不需要搞特殊待遇。」

滿月：「……」寶寶，媽媽對不起你，你爸不知道哪根神經有問題……

蕭颯當然知道滿月在想什麼，他只是看不慣滿月因為寶寶而冷落自己。

他吃醋了。

44

三年後，滿月又生了第二個孩子。

孩子的爸幫他取名為蕭寧。

「好像女孩子的名字！」孩子的媽嫌棄。

「抗議駁回。」孩子的爸義正辭嚴地說道：「寧可玉碎，不為瓦全，寧字好。」

滿月：「……」好像哪裡不太對。

45

又過了四年，滿月生了第三個孩子。

孩子的爸幫她取名為蕭玥。

對，終於有女兒了。

滿月鬆了一口氣，蕭颯想要女兒，所以她只好「拚命」。

終於「拚」到女兒了。

滿月含淚，「可以不用再生了吧？」我不是豬啊！

「不行。」

滿月晴天霹靂，「為什麼？」

「我的基因好，要增產報國。」

滿月怒了，增產報國你妹啊！

是老娘在生啊！

46

女兒出生後的第二年，滿月又懷孕了。

神啊，放過我吧！

47

時序稍微往前推。

滿月生大兒子的那一年，小翠結婚了。

在她鍥而不捨的努力之下，黃半仙終於兵敗如山倒……繳械投降。

黃半仙的本名叫做黃予齊。

雖然本業是算命師，但其實年紀很輕，才二十六歲。

一張白淨的娃娃臉讓他看起來像個大學生似的。

黃半仙雖然是職業算命師，可是閱人不少，卻沒見過小翠這樣的牛皮糖。

甩都甩不掉。

一黏上，這輩子就別想甩開了。

後來，兩人果然黏乎了一輩子。

48

黃半仙是孤兒，自小被收養，跟養父、養母的關係並不親近。

在他七歲那年，養母把他送去附近的道觀跟著一個老道士學本事。

黃半仙倒是有慧根，小小年紀就把老道士相命的本事學了個七七八八，高中的時候就出去擺攤幫人算命。

一算一個準。

可惜，卦不算己，不然他也不會攤上小翠這麼一個奇葩的小妻子。

49

當小翠跟滿月說她要跟黃半仙結婚時，滿月目瞪口呆。

「妳妳妳妳妳……」結結巴巴了半天，一個句子也沒說出來。

她實在是吃驚，她以為小翠會跟谷輕塵在一起。

「我以為妳喜歡的人是谷輕塵。」滿月還是沒憋住，說了自己的想法。

小翠也吃驚了，「小姐，妳別嚇我！」說著，還煞有其事地拍了拍胸口，彷彿被嚇得不輕。

「我才被妳嚇到了哩！」

50

小翠的求婚很直接，一點都不拐彎抹角。

「黃半仙，我們結婚吧！」

黃半仙嚇了一大跳。

「可以拒絕嗎？」

「不行。」

「……」

「誒，你看，如果沒有我，你就沒人要了！」小翠理直氣壯地說道：「嫁給我……不是，是娶了我，你就不用擔心沒兒子沒女兒沒孫子沒孫女，還有一個能夠做飯給你吃……呃，這個以後我會學，總而言之，娶了我，好處多多呢！」

「……」有嗎？

「你對我有什麼不滿？」

「那倒沒有。」可也沒有滿意到想娶的地步……

「你不喜歡我嗎？」

「那倒不至於……」可也沒有喜歡到想娶的程度！

「沒有不喜歡，那就是喜歡囉？所以，我們結婚吧！」

「……」這是用什麼公式推演出來的結論？

「誒，女生都開口了，你幹麼還這麼忸忸捏捏的？」

「咳，好吧，那我拒絕。」這樣夠有魄力了吧？

「你——」小翠瞪大眼睛。

黃半仙以為她會哭，沒想到小翠只是看了他一會兒，然後轉身跑掉了。

51

黃半仙已經七天又三小時零五分沒看到小翠了。

本來小翠天天都來他的攤子找他——無論是遊戲中的攤子，還是現實生活中的攤子。

他很習慣她的喋喋不休了。

有一天，她不見了，他反而開始渾身不對勁起來。

他忽然覺得每天的時間都過得很慢，因為職業的緣故，他本來很習慣等待，可是自從小翠把他等待的時間占據之後，他好像就很難再回到從前清靜的日子。

前三天還沒什麼，頂多感覺不舒服，第四天開始，他幫人算命時頻頻走神。

這是大忌。

如果師父還在，一定會揍他。

52

黃半仙在數日子的同時，小翠也在數日子。

她沒有生氣，厚臉皮如她——雖然她沒自覺——也是有矜持，也是會害羞的。

主動求婚，還被人拒絕，她覺得很丟臉。

跟以前被靖哥哥拒絕的時候不一樣，這次，她不好意思再見黃半仙。
當然，她也有些難過，只是她的神經太大條，不知道這叫做傷心。
她的心被傷了，所以她跑了。

53

「小翠，妳怎麼了？我說話妳都沒在聽，都不理人。」小棒槌嘟嘴。
「抱歉啊，我在想人生大事，就沒辦法注意到你的小事了。」小翠不好意思地回答。
「什麼是人生大事？」小棒槌好奇。
「比如結婚啊什麼的。」
「妳是說滿月和風雨瀟瀟啊！」小棒槌有些蔫蔫的，「他們結婚後，滿月就好少來了。」
「小姐懷孕了，肚子裡有小寶寶了，所以暫時沒辦法玩遊戲。」小翠摸摸他的頭，「你乖啊，等小寶寶生出來，我就把小寶寶抱來跟你玩。」
小翠又開始胡亂許願了。

小棒槌眼睛一亮，「好啊，我還沒玩過小寶寶呢！」

小翠大汗，「不是，是跟小寶寶玩，不是玩小寶寶！」

如果姑爺知道有人玩他兒子，說不定就把那人給玩死了。

被小棒槌一打岔，小翠就沒那麼鬱悶了。

「好吧，今天就由小翠我來陪你玩！」小翠宣告道。

「太好了，走，我們去掏蛇！」小棒槌跳了起來，「前幾天我發現一個蛇洞，和悠葉約好要一起去掏蛇呢！可是悠葉考試考不好，被媽媽禁足了，正好我們倆一起去！」

「呃……」小翠擦汗。

那啥……一段時間不見，連小棒槌都進化了，從掏蟋蟀變成掏蛇了！

54

小翠再勇敢，也沒有膽大到去玩蛇。

最後，她和小棒槌去掏了三天的蟋蟀。

第四天，蟋蟀掏到一半，黃半仙突然跑了過來，對著正拿著水瓶和細竹棒跟蟋蟀搏鬥，滿頭亂髮的小翠說道：「好，我娶妳。」

55

滿月總共生了六個孩子，四男二女。

她想，這就是愛吧……

特別企畫

小編與作者的Q&A時間

Q1：雲端寫的網遊小說都很生動有趣，因此想請問雲端，是不是平常也喜歡玩網路遊戲呢？除了網遊之外，還喜歡玩什麼類型的單機遊戲？能夠舉例嗎？

比較喜歡單機遊戲，一般都是玩RPG（角色扮演遊戲），也喜歡經營養成類的遊戲。後來單機遊戲被盜版打得七零八落，才不得不轉向網路遊戲。

喜歡的單機遊戲，例如著名的雙劍，即《仙劍奇俠傳》系列、《軒轅劍》系列，還有《幻想三國誌》系列也很喜歡，另外後來的《古劍奇譚》也很好玩。

基本上，我偏愛中國風的RPG，但是某些歐美風格的RPG也會玩。

而經營養成類的，喜歡的也不少，例如經典的《明星志願》系列，或是《美少女夢工廠》系列等等，以前也重複玩了很多遍。

網路遊戲玩的因此就多是MMORPG，我喜歡有故事支撐的遊戲（笑）。

Q2：遊戲的經驗很有可能會成為寫作的養分，雲端曾有過把玩網遊時所發生的事情拿來當作寫作的點子嗎？有的話，又是什麼樣的有趣事件呢？

有的，我寫的網遊小說裡，有些事件是我自己經歷過的，或是玩網遊時隊友的經驗，包括我跟隊友之間的蠢萌搞笑對話，有時也會被我拿來改編。

至於是什麼有趣的事件，三言兩語說不清，事實上，現實生活中的網遊世界，比我筆下的故事來得戲劇化多了（有讓人驚喜的，也有讓人驚嚇的），不輸灑狗血的鄉土劇呢，這也是後來我慢慢喜歡上網路遊戲的原因之一，各種刺激啊！

Q3：在網遊裡面，雲端覺得自己最適合哪種職業咧？可以用已經有的遊戲職業，也可以自己自創職業來回答這題喔！

玩網遊時，我一向都是選擇補師的角色，因為能一邊逃命一邊自救（捂臉）。雖然喜歡玩網遊，但其實我是特別廢材的那種，幸好每次都能遇到高強的隊友。

很不好意思地說，我就是那個專門蹭軟飯的（遠目）……

Q4：雲端目前已經出版了兩部網遊小說《師父說了算》與《娘子說了算》，網路上也有第三部連載中的網遊小說，有沒有規畫之後的寫作類型呢？或是有什麼想挑戰的類型？

基本上，我寫文沒有特別限定類型，電腦的硬碟裡就挖了各種坑（笑）。沒有什麼想挑戰的類型，因為每一種類型對我來說都是一種挑戰，包括網遊小說也是。

網遊小說能寫的題材太廣泛了，目前我只是寫了冰山的一小角（網遊愛情），還有很多需要磨練的地方。

Q5：把《娘子說了算》裡的眾角色排排站，哪一位是雲端最喜歡的角色呢？

這個問題真難回答（苦笑）。

我在寫文時，不會去想自己最喜歡哪個角色，通常只會思考這個角色在當下的情境應該做什麼事，說什麼話，發揮什麼功用。

為了編編提的這個問題，我努力把故事裡的每個角色都拎出來搓揉了一遍。最喜歡的角色嘛，還是沒有，各個角色都有喜歡和不喜歡的地方，不過若是問我想成為哪一種人，那大概就是像小翠那樣沒心沒肺的吧，這樣煩惱會少一點（笑）。

Q6：如果可以讓《娘子說了算》裡的角色當自己的親人，雲端會怎麼分配咧？雙親、兄弟姊妹、青梅竹馬……等等，都可以喔！

呃……這也是個頗不好回答的問題（搔頭）。

很難細分，大概是全都當朋友吧，感情很好很好的那種。

當親人，實在想像不出來，當朋友更自在一些，能對他們撒嬌或撒潑（笑）。

Q7：小說的題材五花八門，雲端為什麼會選擇寫網遊小說呢？

應該是玩了幾個網路遊戲的「後遺症」吧。

本來就有在寫小說，所以只要平時碰到什麼事情，聽到別人說了什麼話，就會忍不住想要記錄下來。再加上我以前玩網路遊戲時，遇到不少讓人目瞪口呆的事，很適合用在小說上，因此就點開了寫網遊小說的技能，雖然現在還在新手村（笑）。

Q8：承上，網遊小說好寫嗎？對雲端來說，困難和簡單的地方是什麼？

難，很難。

真的很難寫。

困難的地方很多，背景設定、配角的設定等等，都要花很多時間。

大部分網遊小說的其中一個特色就是有許多玩家，思考玩家的暱稱真的很殺腦細胞。我就常會拿以前玩網遊時看到的其他玩家暱稱來改編。我猜，有些作者會在網路上徵角，可能也是覺得可以集思廣益吧。

簡單的地方倒沒有，無論是對話或劇情，都挺難寫的。

Q9：雲端自己在寫網遊小說，平常是不是也看很多網遊小說嗎？最喜歡哪一部網遊小說呢？除了網遊小說，還喜歡看哪些類型的小說？有沒有不喜歡哪些類型的小說。

沒有，其實我看的網遊小說不算多，有些看了也沒看完，想不出最喜歡哪一部。

我沒特定喜歡哪種類型的小說，只要是有興趣的都會看。嚴格說起來，看得比較多的可能是神祕靈異題材的小說或紀實，雖然我是個貨真價實的膽小鬼（笑）。

不喜歡的類型也沒有，覺得好看就會看。

Q10：小說作家多不勝數，雲端最喜歡或最崇拜的作家是哪些人？為什麼？也可以談談哪些作家對雲端的創作影響最深嗎？

這真是個大哉問啊！

古今中外太多小說作家的作品好到讓人各種羨慕嫉妒恨，我只能站在角落咬手帕，讓人崇拜的，十根手指頭加十根腳趾頭也數不過來。

至於最喜歡的作家，好像沒有。我通常是喜歡作品多過作者，畢竟就算是喜歡的作者，也不是他（她）的每一部作品我都會喜歡，久而久之，我就比較重作品了。

對我的創作影響最深的作家倒是有，不過不是小說家，而是散文家簡媜。簡媜其實也有寫小說，但還是散文更著稱，我也更喜歡。

雖然讀者看不出來，但我某些文辭和敘事確確實實受到了這位女神（笑）的影響，可惜我沒那個慧根學到人家的仙氣。

Q11：幾乎每個熱愛創作的人都有出書夢，小編收到的投稿幾乎也沒有間斷過，雲端可以給想出書的人一些建議嗎？

我自己也還在新手村打轉，各種技能都還在初級程度，打的怪不夠多，升級速度慢到爆，實在拿不出什麼乾貨給人家建議。

硬要說的話，應該就是先求「完」，再求「好」。

稿子沒寫完，什麼都是白搭。

後記　再見，是為了下一次的再見

呼！《娘子說了算》終於完結了！

寫到最後一個字的時候，腦袋忽然一片空白，本來在寫文的過程中有很多感觸，結果等到真正完結時，突然一個字都說不出來，好像積攢許久的小宇宙瞬間爆發，然後就連渣渣也不剩。

這個故事能夠完結，這部小說能夠出版，要感謝很多人。

謝謝每個讀者的不離不棄，謝謝每一位在連載期間為我加油打氣的人，好幾次工作回到家都累癱了，沒精力敲鍵盤，可是一看到有人在我的粉專留言、在連載的專區留言版留言，我又會像打了雞血似的，渾身充滿精力……這個當然沒有（笑）。

其實每一個字都是熬夜寫下來的，如果能有那麼一兩個句子能夠打動你（妳），那對我來說就是最大的鼓勵。

在《娘子說了算》上集出版的時候，有在FB粉專辦了曬書、曬心得抽獎的活動，在此感謝參加活動的諸位，當時已經做好心理準備可能會沒有勇者來挑戰，沒想到大家的反應比我想像中的熱烈。

每一則貼圖、每一則留言，還有每一位的名字（暱稱），我都反覆看了好多次，努力記下了，因為妳們的每一句話都讓我感動了。

真的，我的眼眶都紅了。

曾經有好幾次累到想哭，不知道為什麼要這樣折騰自己，可是一看到書成形，一看到那麼多人肯掏錢買在下寫得不夠完美的故事，我就覺得再累都值得了。

我不是那種很有才氣的作者，每一個字、每一句話都要琢磨很久才能動筆，寫出來的也不是那種能讓人當座右銘的人生哲理，我只想逗大家笑，希望大家在面對課業、面對工作、面對人際關係、面對感情……等等的不如意時，能夠一笑解百憂。

我不知道自己有沒有做到，但我確實努力了，也盡力了。

如果這個故事沒能打動你（妳），下一個故事我會更用心，也許未來的某一天，我筆下的某一個角色、某一段劇情、某一句話，能夠讓你（妳）動心也說不定（笑）。

小編有問了我最喜歡故事裡的哪一個角色，我說不出個所以然來。

每個角色我都有感情，也喜歡，也心疼，有時當然也氣得我手癢癢的，尤其是卡稿時，卡哪一隻，就想扁哪一隻。

若問讓我卡稿最多次的角色，那大概非男女主角莫屬，畢竟他倆戲分多嘛，也不是像其他角色一樣是來串場的。

讓我刻畫得最用力的，大概就是上、下集的夫妻任務橋段了。

那兩段我寫得戰戰兢兢，最後還把自己也給寫哭了（捂臉）。

事實上，最初在我的設定裡，夫妻任務的結局是圓滿的，可是不知怎麼寫著寫著，他倆就不圓滿了。他倆不圓滿了，我才覺得寫到圓滿了（笑）。

本來很擔心夫妻任務這麼悲傷的橋段會遭到讀者抗議，幸好來留言的人反應都是正面的（討厭的人請在心裡默默討厭我，不要討厭男女主角啊，他倆是無辜的）。不過，夫妻任務的內容雖然是我編的，可是一開始我自己並不是那麼喜歡。

是等到寫完才喜歡的。

我自己也釐不清緣由，可能是為裡面的氛圍所吸引吧！

當然，我最喜歡的還是男女主角和幾個朋友們鬥嘴的時候，歡樂的氣氛比較能讓人放鬆嘛！

在《娘子說了算》下集的番外篇中，我寫了很多很多個正文劇情中放不進去的小段子。

這些小段子都是最早在做設定時就有的裡設定，只是因為正文得走主線劇情，細微末節的事只好暫時放到一邊，終於有機會，就一併整理在番外篇裡了。

這些小段子有幾個主要角色的後續發展，包括那個很吵的方小翠花落何家。

原本沒有設定小翠的感情歸屬，可是寫著寫著，不知怎麼的，她就自己把自己給賣了，連我這個親媽都措手不及。按我這個親媽固定的思路，其實她應該「賣」給另一位的。

另外，要感謝晴空的編編這麼用心幫這部小說做了那麼多事，讓我這個小作者萬分惶恐。也要謝謝編編包容我的拖稿，希望下次再合作時，能不給您添那麼多麻煩。

最後，謝謝殘楓大人為這個故事畫了漂亮的封面圖和人設，上集已經讓我驚豔，下集又讓我美翻了一次。我已經把圖設成電腦桌布，每天早晚膜拜了。

也謝謝美編大人幫這本書做了美美的封面，幫拙作大大增加了不少分數。

最後的最後，謝謝買了上集，又勇敢地買了下集的你（妳）們，這是你（妳）們送給在下最好的歲末年終禮物。

願買了這個故事的人常懷喜樂，笑口常開。

若你（妳）們對在下有任何的建議或批評指教，都可以到在下的 FB 粉專留言喔！

雲端的 FB 粉絲專頁：https://www.facebook.com/cloudtale

雲端 2014/12/31

快來吧！
錯過就只能等明年囉！

晴空家族
2014 集點活動開麥拉

超值好康獎不完，千萬別錯過！

為慶祝晴空家族成立，麥莉莉要來舉辦好康大放送的活動了！凡購買晴空家族 2014 年 11 月底至 2015 年 3 月底出版之指定新書，集滿任 10 本書腰或折口截角上的「晴空券」，就有機會獲得晴空家族 2015 全新推出的獨家限量好禮，一年只有這一次，機會難得，請快把握！

活動辦法

請於 2015 年 4 月 15 日前〈郵戳為憑〉，剪下晴空家族指定書籍內附的「2014 晴空券」10 點，貼於明信片上，並於明信片上註明真實姓名、電話、年齡、學校〈年級〉或職業別、住址、e-mail，寄送到 104 台北市中山區民生東路二段 141 號 5 樓「晴空家族 2014 集點活動收」，就能參加抽獎。

獎品

【名額】以抽獎方式抽出 20 名幸運讀者

【獎品】送晴空家族 2015 年書展首發新書周邊精品。

【活動時間】於 2015 年 5 月 5 日抽獎，5 月 15 日在「晴空萬里」部落格公布得獎名單，並於 6 月 1 日前寄出獎項。

注意事項

1. 單書的「晴空券」限用一張，如同一本書重複寄了兩張以上晴空券參加抽獎活動，將以單張計，不另行寄還，如晴空券不足 10 張，將視同棄權。
2. 主辦單位保留隨時修正、暫停或終止本活動之權利，如有變動將另行公布於「晴空萬里」部落格。
3. 活動辦法及中獎名單以「晴空萬里」部落格之公告為準。
4. 本活動獎品之規格及外觀以實物為準，網頁／書封／廣告上圖片僅供參考，獎項均不得轉換、轉讓或折現。

主辦單位保留更換活動書單與等值獎品之權利。

〔預定參加書單〕

漾小說	綺思館		狂想館
沖喜 1-5（完）	喂，別亂來（上、下）	娘子說了算（上、下）	縷紅新草（上）
許你盛世安穩（上、中、下）	出槌仙姬 1-2	夫君們，笑一個 1	超感應拍檔（上）

隨書好禮五重送！

1.第一重：原惡哉親筆加注，深入了解創作幕後花絮
2.第二重：作者訪談，暢談創作甘苦及不為人知的裡設定
3.第三重：柳宮燐精心繪製「秋日玫瑰花園裡的妄想下午茶」人設拉頁海報
4.第四重：隨書贈送角色留言書籤「奏星純」或「初塵」乙張（2款隨機出貨，送完為止）
5.第五重：首刷再送限量晴空精美功課表乙張（首波8款隨機出貨，送完為止）

晴空

更多精彩書介與活動請上
「晴空萬里」部落格：http://sky.ryefield.com.tw

綺思館
晴空新書預報
戀愛吧！一切的不可理喻都好可愛
出槌仙姬
寞然回首 /著
LN /繪
1
《靠爹靠娘不如靠廚藝最好》
喜羊羊與大灰狼的爆笑愛情熱烈上映中！
歐買尬！為何我要女扮男裝才能找到真愛？！
繼峨嵋之後，起點女頻最高人氣的歡樂向修仙愛情小說！
點擊月榜第二名，超過347萬人點擊、11萬人叫好推薦！
第二集好禮加碼送活動，請密切注意部落格上的公告
隨書好禮五重送！
1.第一重：寞然回首全新創作三角糾葛的「緣定三生」番外
2.第二重：香港人氣繪師LN精心繪製「看我鎚遍天下無敵手」人設拉頁海報
3.第三重：LN繪製&作者加碼「阿呆老師系列：學說話的皮卡丘」封底全彩漫畫小劇場
4.第四重：隨書贈送角色留言書籤「段青焰」或「秋狂」乙張（2款隨機出貨，送完為止）
5.第五重：首刷再送限量晴空精美功課表乙張（首波8款隨機出貨，送完為止）
晴空
更多精彩書介與活動請上
「晴空萬里」部落格：http;//sky.ryefield.com.tw

綺思館
晴空新書預報
戀愛吧！一切的不可理喻都好可愛
夫君們笑一個
情敵是公（攻）狐狸精
逍遙紅塵 著
柳宮燐 繪

綺思館 002

娘子說了算（下）

國家圖書館出版品預行編目資料

娘子說了算 / 雲端著. -- 初版. -- 臺北市 : 晴空,
城邦文化出版 : 家庭傳媒城邦分公司發行,
2015.01-
冊； 公分. --（綺思館 ; 2-）
ISBN 978-986-91202-5-8（下冊 : 平裝）

857.7 103021439

作　　者　雲　端
封面繪圖　殘　楓
責任編輯　施雅棠　羅婷婷
國際版權　吳玲緯
行　　銷　陳麗雯　蘇莞婷
業　　務　李再星　陳玫潾　陳美燕　枡幸君
副總編輯　林秀梅
副總經理　陳瀅如
編輯總監　劉麗真
總 經 理　陳逸瑛
發 行 人　涂玉雲
出　　版　晴　空
城邦文化事業股份有限公司
104台北市中山區民生東路二段141號5樓
電話：（886）2-2500-7696　傳真：（886）2-2500-1967
發　　行　英屬蓋曼群島商家庭傳媒股份有限公司城邦分公司
104台北市中山區民生東路二段141號2樓
客服服務專線：(886)2-2500-7718；2500-7719
24小時傳真服務：(886)2-2500-1990；2500-1991
服務時間：週一至週五09:30-12:00；13:30-17:00
郵撥帳號：19863813　戶名：書虫股份有限公司
讀者服務信箱E-mail：service@readingclub.com.tw
晴空 部落格　http://sky.ryefield.com.tw
香港發行所　城邦（香港）出版集團有限公司
香港灣仔駱克道193號東超商業中心1樓
電話：852-2508-6231　傳真：852-2578-9337
E-mail：hkcite@biznetvigator.com
馬新發行所　城邦（馬新）出版集團【Cite(M)Sdn. Bhd.(45832U)】
411, Jalan 30D/146, Desa Tasik,Sungai Besi, 57000 Kuala Lumpur, Malaysia.
電話：(603) 9056-3833　傳真：(603) 9056-2833
Email：cite@cite.com.my
封面設計　L-YL
內頁排版　洸譜創意設計股份有限公司
印　　刷　鴻霖印刷傳媒股份有限公司
初版一刷　2015年 01月06日
定　　價　250元
I S B N　978-986-91202-5-8